文
景

—————

Horizon

社 科 新 知　文 艺 新 潮

朱天心———

著

谢海盟———

绘

上海人民出版社

目 录

2023 年版自序

这书，写于我的孩子八岁之前，那时，我妄以人类学家的身份记下新来乍到这世界的一名小小人类的生命原型，以及它接触到这世界这人们、有形无形的桎梏……之后的反应与变貌。

那时它还是个女孩（尽管我们的相待并无刻板的规训，如女孩子该这样这样不可那样那样），那时我们不知它是阿斯伯格星人（尽管奥地利医生汉斯·阿斯伯格于 1944 年就提出所谓的阿斯伯格症，但台湾要到盟盟出生后九年才开始有诊断、辅助机制和知识提供）。

我立即察觉到它不是个寻常甜美可人的幼儿，它每叫人意外的古怪有趣特质，在在提醒我老天爷给了我一颗不知来历也不知名的种子，我无法依循前人和时人将它当一个盆栽养，或让它像一株路树那样定时被公部门修剪成与其他的路树一模一样。

它会执拗地将它在路边捡拾到并中意的一块小石头或一根

鸟羽日夜捏着不肯分离，无论洗澡睡觉或玩耍（最长纪录持续一星期）；它会在三岁还不识字时因看完一部环保倡导片后频频问我家里的冰箱有"氟氯碳化物"吗？我抱着它路上散步时，它也老忧心地指着路边停的车问："这有氟氯碳化物吗？"

我喜欢和它去后山的原始野地游荡，很快，原先我教它的野花野草，它会自动分门别类（认字会看图鉴后，便分科属种），它惊人的记忆力和学习力仿佛法国导演吕克·贝松的电影《第五元素》中的那位天人莉露。

但它以为人类是这世界最无趣的生物，鲜有让它能赋予情感的人类，包括我和它父亲唐诺。好些年，我费尽唇舌教它看人眼睛的乐趣，"人焉廋哉？人焉廋哉？"我怎会知道阿斯伯格星人的明显表征就是避免与他人目光接触。

它且对热爱之事物不觉重复，《哆啦A梦》大概看过千次（很好计算，每天看一次影带，入学前三年无一日中断）、《星球大战》大约每一集各少说五十次，弄得一屋子大人路过或写稿的如我父亲都像听戏似的闻配乐就知道抬头会看到哪一精彩的片段。

凡阿斯伯格的特质它一个不少，我只能尽量以欣赏的目光和胸怀照单全收，并努力在制式的主流教育体制下卡出它的生存空间。

（我总在好多"哇、哇""瓦""唉哟"暗自惊叹下，不无忐忑地隐隐预感"将来要还的！"。）

如此"不修剪"地让它自然成长的过程，再来一次，会有不同的对待方式吗？——我觉得不会！因为当时的每一分每一刻都尽了洪荒之力、丝毫未存侥幸之心，所以也就没有日后的追悔空间了。

至于它呢，这位 2018 年做过跨性手术的络腮胡大叔，也许日后会自己写出他的这一来时路程吧。

于我，此书，仿如才昨天下午的事，鲜明、愉悦，以及满满的不舍得。

2023 年 5 月

亲密而疏离

（1994年版序）

侯孝贤

　　记得，天心怀海盟的时候，最心爱的一只俄国牧羊犬托托因误食毒老鼠药而死亡。当时天心悲伤地认为，她这辈子是不可能再有那么深的情感去对待这个世界了。直到海盟出生，一岁以前，她说感到对海盟是照顾和责任，但情感仍然不及托托。对海盟"一往情深"，是后来的相处、适应、了解，时间累积而来的。

　　这使我思考母子天性也许是必然，可是情感，未必就是天生的吧。情感跟随着记忆，会沉淀、发酵、成长的。所以我读天心写海盟，觉得她作为母亲这个身份的角度，反而少。她用小说家的眼光在观察一个孩子的时候，反而多。这也使我思考拍电影，一面是跟我所要摄取的对象如此亲密混淆在一起，一面又始终有一个眼光在看着包括我在内的这一切活动。

　　天心写海盟，跟我拍电影，似乎有此相通。

　　第一次见到海盟，是拍《尼罗河女儿》时候。她大姨天文带她来现场玩，一岁多，我说好像大地之子。天文回去跟家人转述，海盟爸爸说，是谢材俊之子啦。去年詹宏志在日本看了田壮壮的电影《猎场札撒》，描述其中情节，他说："从蒙古包里哗地跑出来一群谢海盟！"他是指那些和海盟一个模样的蒙古族小孩。

海盟爱画虫鱼鸟兽。尤其虫子，通常都是一笔画成，像画图鉴的，几只脚几根须，很严格不能出错。大姨问她为什么不画人，她说不会画。原来她画虫子，是真的看出虫子之间的差异来，她看人还没办法。她从来不喊人，没有听过她叫叔叔伯伯，我跟她沟通的方式是装成一只猴子，就容易了。

三年前，《戏梦人生》剧本讨论期间，天文谈及在楼上写稿，听见楼下母女两人，天心忙碌地走前走后，海盟在四周围跟着，一下一下叫唤妈咪（ㄇㄚㄇㄧ［音马咪——编注，余同］或ㄇㄚㄇㄧˇ［音马密］），叫一声，天心答应一声ㄟ［音哎］，没有任何目标的，一直叫，天心也一直答，终至天心不耐烦了转过身对她大吼道，"你到底要干什么——！"两人都被这咆哮吓住，噤声片刻，反倒扑哧笑了。天文听见全部过程，也在楼上大爆笑起来。当时海盟四岁。于是她们姐妹很感慨地聊天，说今天这样妈咪妈咪地喊是幸福，真不能设想将来初中叛逆期，甚至更久的以后。

5

当时，我女儿却正是十五岁青春期，跟她母亲像仇人一样，几次早晨我睡梦中听见她们母女争吵，无非是为了吃饭穿衣服这些事，而总是女儿出门了，母亲被气得眼泪汪汪。当时我正为电影烦恼，思索如何把李天禄漫长的前半生展现在两个小时银幕上。

结果，海盟天心的妈咪事件，与我太太女儿的早晨吵架，瞬间联结在一起了。我知道要怎么拍这部电影了，取片段，四岁，十五岁，把我最觉过瘾的片段剪在一起，其间时间流逝，生死哀荣，一切已经不言而喻。

我羡慕海盟的植物动物世界，那是一个空间。她在里面专注、认真和自得。我做电影，说穿了，不过也是这个。

沌曚的幼年，我记得的非常少。有一次在木材厂垒叠的原木中，一颗大钢珠掉进原木缝里取不回了。一次跟人去田间小路，看人打蛇。还有姊姊说起我在床上屙了屎，指着屎表示不是自己拉的。就这么些东西。以及我儿子，有时忽然听见他大叫"过关了"，或是"爸我快打下天下了"，他在玩《三国志》电玩游戏。因此我要感谢天心记录下来的海盟事情，许多了无目的存在的方式，许多不明所以的生长姿态，都很珍贵。

塞尚说："莫奈，不过是那对眼睛，但那是一对何等样的眼睛。"经过天心的眼睛所写出的这本书，让我见识到，有人是这样在理解世界，同时也如此抱持这份理解在生活着，有意思。

作为观察者，天心与海盟的关系是亲密而疏离的。我拍电影，亦然。可是从我们眼睛里所凝望的，又是这么不同！

我读天心此书的感想。

关于新版

（2003年版序）

朱天文

　　九年后重新出版《学飞的盟盟》，编辑同仁希望能有盟盟的图画做版面，身为家中的仓库管理员，我找了一些出来给编辑。说是美编看了惊为天人，要我再拿一些，又拿一些，结果扩充成目前这个样子，一半文字，一半盟盟的图画，看起来像是一本新书了。

　　这些美编惊为天人的图画，多年前，也一样惊到我。事实上只要任何一个有小小孩的家庭里，到处，到处都可见这种涂鸦，一笔成谶的涂鸦。

　　成谶，因为它们凭空而来，凭空而走。那些线条，绝无仅有只此一回的，画出来的同时，画也消亡了。其线条，我观之不尽，觉得可跟好几位大师画家活到八九十岁时候画出的线条媲美。只是小小孩长大了，他们的线条也就没有了。

　　所以盟盟开始会拿画笔在各种材质上涂鸦以来，随便一张破烂纸片，譬如沾了番茄酱的餐巾纸上面一幅横横竖竖圈圈（据称是盟盟跟爸爸下围棋），我都不放过收藏起来，觉得那是时间化身为飞鸟走兽忽一瞥留下的毛羽和足迹。如此收有一箱子。

譬如盟盟外婆扫地捡到一张涂鸦在上头记下"盟四岁半"，盟盟告知是"妈妈带三胞胎过斑马线"，大人闻言好稀奇地系之以文字。盟盟外公亦在几张颇似米罗构图的线条旁系字，始知是细胞与细菌大战图。盟盟不会注音符号以前，四处托钵大人帮她笔录口述，有美国蒙大拿州的鸭嘴龙被三只暴龙吃掉图，有她用废稿纸歪歪扭扭制好的一册册小簿子，是图画故事书，《我是多鱼港》《被绑架的小绵羊》。五岁时盟盟突然画了无数大麦町狗狗。美劳课教版画制作，回家来盟盟就痴狂印出一条又一条斑斓的鱼。盟盟十岁画的那张大黑猫是失踪的墨墨。

由此我不免怀疑，就像人人家中有几册家族纪念照，人人家中也一箱子小小孩涂鸦，除了对自家人充满回忆和意义，对别人呢？

我想起九年前天心写此书时，读者反应的一个有趣现象。两种读者，有小孩的，跟没有小孩的。

有小孩的父母亲，差不多是，礼貌保持着沉默。真所谓事不关己，关己者痛，这礼貌沉默里是关己者的一肚子意见感想。小说家朱天心如何也写起了妈妈经？那么妈妈经，对不起，可是人人有一本说也说不完的。

没有小孩的呢？倒是他们，觉得好看极了。

记得那年樱花季，我与一位妙龄新人类坐在御苑那棵垂樱前，从头到尾新人类不看花就跟我讲《学飞的盟盟》，讲得我爆笑连连怀疑那是一本笑话集。而同为小说业者，我怎么看还是以为，此书是小说家有一次机会对一个人类初生小孩的田野观察，被观察者盟盟，还有盟盟的涂鸦，好幸运被记录保存了下来。

2003 年 6 月 4 日

2009 年版自序

《学飞的盟盟》写作成书的背景是据云台湾有史以来最富的年代，有俗谚为证：台湾钱淹脚目。父母辈挣得累积了大量的财富可资留给子女并不满足，还铆起来致力投资孩子们的教育，良者以为那才是终生可随身用不尽的财富和本事，贪者则认为那是一种阶级翻身的想象，比方说，当你的同学友人都是北大、清华、哈佛的，你不在某种社经位阶也难。

所以，我这一代做父母的，无不尽其所能尽所有资源投资孩子们的教育养成，但这投资项目其实挺单调乏味的，无非美语、乐器、才艺，入学后再加补习班、学校考试科目……很快的，那些和女儿盟盟一起自小玩一块儿、从出生我看着一道成长的十个小孩二十个样（不是吗，熟悉小孩的岂会不知他们天使魔鬼绝不止一个面相），变成十个小孩一种样子、一种想法、一种人生目标……叫人分不出。

我觉得可惜透了。

所以，我们（与盟盟同居一屋顶下的众大人老人，爸爸唐诺、大姨天文、外公外婆）当然不打算做同样的事，不想、也不觉有权利那么做，那么在你尚且不知老天交给你的是颗什么种子时，你就二话不说在它才要绽开枝丫时就忙着拿起剪子把它修剪成和其他行道树一模一样，万一，万一它是株高可数丈的水杉呢？或美丽的牡丹？或一茎自在的小草？所以这并非矫情，我们觉得能做的就只找个有阳光雨水之处，松松土，除除草，埋下种子，保持关心、好奇、宽容和想办法欣赏吧。

这过程，也有善意的友人对我们的都没照章行事（学才艺、上补习班加入升学竞赛）直言："孩子人生只有一次，你们有权利用来遂行己意对抗主流社会吗？"

正是，正因为它只有一次，人生不能重来，才那么值得珍惜、不想草草敷衍随俗度过，我们不过帮它在这生存竞争密不透风中卡出一点空间，由它自在长成它原该有的样子。

多年后，当然仍不少人好奇，那个古怪有趣学飞的盟盟而今安在？盟盟一路念家里附近的公立小学、中学（我一直认为可以步行上下学，一路随四时摘摘花叶捉捉虫子，是"上学"这回事最重要的乐趣），中学时因着迷《三国演义》中的众坐骑而迷上骑马，每周有两天我们要搭很远的捷运地铁到海边骑马，但盟盟一直保有大量阅读的习惯，在中学最后半年回头拾起学校教科书，觉得比起她平时的阅读要简单太多，顺利考试进了台湾升学第一名的女校北一女（我不愿说是最好的，虽然也是我的母校）。高中三年，她马照骑，京剧照迷（从没错过任何一场于魁智在台湾的公演），偷偷写了数百万字的长篇小说……大学进了她想念的民族学系，主修伊斯兰文化，能听写简单的维吾尔语，课余仍是写作、杂读、线上游戏、京剧（她的 MP3 里灌爆的是于魁智和上世纪中的披头士），也协助我们做一些流浪动物保护工作……

"此生无憾"，我想，当你的孩子这样告诉你，那真是无上的荣耀。这所求在他人看来或卑微，但只有当过父母的知道，那么么不容易。

此书重新出版在亦重视孩子们教育投资的现下大陆，不妨将之当作近年投资理财流行的论述——一种"蓝海策略"，或至不济，一份小小的人类学报告，记录我曾有幸目睹一颗种子的落地、发芽、成长……其临风、向阳或暴风雨中的姿态，我都在场，以为有责任记录下来。

这绝非一本教人如何教养小孩的书，而是实例展现一次：你可以不一定要像大多数人那样教养小孩。

2009 年 5 月

学飞的盟盟

女儿盟盟大约一岁多，也就是可以挣开我的怀抱，独立行走探险的时候，如同很多原始人类的初期发展，不满足自己的脚和手，非常非常欣羡空中飞的和水里游的，并且努力地去仿学它们。

那时候我们所居的后山还没被力霸买下盖大楼，尚是草木繁茂的荒山一大座。我常常带她在山里厮混半日，带着一本书，任她在我目光所及之处玩耍，觉得自己很像个好学的牧童。

往往，天空一有飞鸟掠过——通常只是台北郊区最常见的麻雀、家鸽、绿绣眼、白头翁，也有几次是大冠鹫在高处盘旋——我在盟盟眼里清楚看到她的心随之一动，满满是言语无法表达的渴慕。我看了总会莫名伤恸，恍悟原来所养的是一只野生小动物，只是一朝不慎落入我这个文明人手中，因此我很想纵她归山，或放她展翅飞去。

她常常认真地练习飞行技术：吃力地爬上宽宽的窗台，然后凌空跳到弹簧床上，尽可能利用在空中的那一刹那，快速地挥动翅膀，认为早晚有一天，终将因着她的技术猛进，可以飞上天空。

其间，她也曾尝试过其他的飞行方式。

有一次，她在一个约一米高的柜子上玩，她常常那样在其上游走，打开外婆的各个储物罐子好奇地一一探查，我不以为意地看自己的书。突然，砰的一声，她连摔带跳地从柜上落下，没有哭，跌坐在地上，又抱歉又懊恼地望着大大惊吓的我，手里还紧紧捏着一个她自制的手工艺品，是一张平面的、有半个碟子大小的半圆形色纸，其上用透明胶带固定住几根细缎带，确实，确实很像她在图画书上看过的降落伞和热气球。

学飞的盟盟，好在第一次的试验没有选择从我们住的三楼阳台……

妈妈血压低，
一到黄昏若无中意的食物可吃，
便困倦欲眠，
不到两岁的盟盟看在眼里，
终于关切地问："为什么一到黄昏，妈咪就很悲伤？"

盟盟的马儿

马儿原来有两匹，是盟盟出生前就已在的，是两根姿态古奇的藤棍儿，把手自然生成似龙似马头状，因为外公天天爬山管狗地使用，通体乌黑光润，放着暗辉。

盟盟大约两岁，差不多能走完全程地跟随家中大人每天黄昏的爬山放狗活动时，就径自认了那两根藤拐杖做马儿，每次都坚持骑它上山，不听众大人七嘴八舌诸如"这样你一只手就不能摘花捉虫子"的劝阻。

她总是一路骑得好认真，另一匹则拜托外公帮忙遛，每见山上有野草丰美处，便要求同行大人停脚一下，好让她的脚力吃吃草。

如斯的习惯，一直维持到她现在小学一年级，还在继续中，只是其中一匹马儿，在一次大方地借邻居的玩伴一同上山跑马时，不知丢在哪儿了，不需外公的责备，她自己悲恸了好几天。

小学一年级的盟盟，害羞内向的个性没比出生时"改进"多少，绝不跟老师同学道早安再见，因为不好意思。见到从小相熟的叔叔阿姨，也绝不打招呼，因为不好意思，若想敦促她，她一定当场钻进离她最近的一张桌子底下。

绝不跟爸爸道晚安，绝不跟妈妈说生日快乐，也绝不穿美丽的新衣服，因为不好意思，不好意思，不好意思。

如此容易不好意思、怕人注意、更怕人讪笑的盟盟，好天气时，每天仍然骑着马儿上山。秋天的时候，入山前的基本动作是：折两枝盛开的五节芒或狼尾草，一枝插在外公的裤腰上，一枝插在自己的裤腰上，摇摇摆摆更是两匹俊美的大马儿了。

山路上，遇到同校的同学喊她，她一脸严肃地谢绝同学的邀约："现在不行，我要去放马吃草。"

刚满四岁时的盟盟，
临睡前最喜欢做的事是，
边听我念《西游记》边画画，最喜欢画跳蚤。

穴居者盟盟

人类祖先到底多久以前离开森林，到洞窟居住，住了又有多久，时间均不确切。

但可以肯定的是，我们不免都略有此记忆，犹以童年，并且肯于承认。

盟盟的玩伴阿朴家，当初为了欢迎小主人的到来，妈妈特别在装潢新居时，为阿朴留下一个专属的角落：一坪大的木头地板和一个小得仅容旋身跌坐的小木屋。

小木屋果然被热烈欢迎，常常一群年龄不等的来客小孩排队等着进去，在其中的人，无非都在坐着发呆，问他们里面有什么好玩，也都说不上来。

因此想起自己小时候。

有次和玩伴们寻获一整张谁家丢出来的旧榻榻米。我们把它扛到某边间家的屋墙外斜倚着，里面黑漆漆的自成天地。不用言语交换的，我们都打算在此长住下去，分别回家偷一些被单衣物、摆设和食物。到了天黑，也没一点打算回家的意思，觉得彼此亲爱非常，可以不要爸爸妈妈。

最后怎么收场的？——因为后来小洞窟里的家当简直多得不得了——不记得了。

父母亲呢？好像都只冷眼看我们忙进忙出，并不知道他们是怎么想的。

盟盟到两岁左右时，也习于把家中客厅的沙发活动坐垫堆一堆，堆成个洞窟，有时可在里面躲一整天，吃饭时间才肯把头探出洞口等大人喂食。

我们对此已习以为常，唯有客人来时才顿觉得有些荒谬，赶忙边对客人解释这个违建，边哀求盟盟让椅垫恢复原状好让客人坐。

至于盟盟到底在其中做什么，有什么乐趣可言？我很快就放弃好奇了，只除了偶尔担心她已过于内向近自闭的个性。

上了小学一年级的盟盟，有时还会极其熟练地三两下把椅垫堆成个洞窟，好大一个人缩在其中。我们做大人的一旁不敢笑她，不敢问她（是否有什么心事），只敢，竟然也只敢，冷眼看着这名爬进爬出的穴居者。

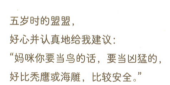

五岁时的盟盟，
好心并认真地给我建议：
"妈咪你要当鸟的话，要当凶猛的，
好比秃鹰或海雕，比较安全。"

黑手盟盟

和很多父母一样，我还清清楚楚记得，第一次看到初生宝宝的手指时的惊讶，那么细小、柔嫩、修长，因此都忍不住会编织一些梦想，例如，将来这可能是一双弹钢琴的手、拿笔的手、握网球拍的手……

盟盟出生时也有那么一双美丽精致的小手，一旦能使力并控制自如，也就是差不多满周岁后，最喜欢学每天负责扫地的大姨，一手抓比她高的扫帚，一手拖着畚箕，口中发着"A 咻 A 咻"的使劲声，忙碌地进出各个房间。后来这双手，很快会抢过外婆的大锅铲，帮忙拌狗饭；会趁外公在调弄园艺土时，一旁做糍糯；悠闲无事时，会稳稳抓住一只有她三分之一体重的大黄猫的颈子，像其他小女孩珍爱洋娃娃似的拎进拎出不舍放它走。

这双有力的小手，大多时候是脏兮兮的，有长年积累已难洗掉的野生植物汁液痕迹，有做美劳后未及清除的南宝树脂，猛看以为指头严重脱皮……这双手，又且灵活狠准似某种猛禽，它可以一分钟内抓五只以上的小蚱蜢，其力道轻重大小正正好，既不伤到它们，也不致让它们挣脱，它可以一个钟头内徒手捉一小桶蝌蚪，它还可以抓我们都不敢抓，有一支粗雪茄那样肥长的大螳螂和红裙子大蚱蜢，常常遭它们的大镰刀割伤或口器啃伤，但都沉着冷静得不松手放弃。

如此这般的小手，有好几年我并没机会替它修剪指甲，因为都被过度使用以致磨得秃秃的。

日前一个冷天，牵她穿越好危险的十字路，恍若牵着的是我母亲的手，粗粗的、厚厚的、暖暖的，很熟悉，却快遗忘掉的——有好多年，我牵过握过的手无数，社交礼貌的、好朋友的、男朋友丈夫热情的手……独独没有父母亲的。

偷看一眼这双小手，其上布满着与猫咪嬉戏所遗的新旧爪痕和无数堪称操劳风霜的粗粝，可以确定的是，这是一双与钢琴与网球拍十分遥远，毋宁说，是一双劳动者的手。

四岁的盟盟忽然要求我以后不要再吃饭了，
问她为什么，
盟盟说："我不要你再长大，会变老，
我要妈咪永远这样照顾我。"

寂寞的盟盟

盟盟两岁左右的那一阵子，曾经向我们要求过弟弟妹妹，不成功，也就不再坚持了。

放弃了讨弟弟妹妹的盟盟，也颇能自处，每天早晨自己睡饱了起床，可以独自静静地玩两小时，因为那个时候，夜晚阅读、写稿的爸爸妈妈还起不来。

盟盟自己会把尿布脱下来，攀爬到浴室成人马桶上尿尿，然后裤子穿得歪歪的自己继续安静玩。我呢？总是半睡半醒地保持警觉听她的动静，直到母亲的职责催促再不喂她可能会饿死，才挣扎起床。

那时候的盟盟，最喜欢、也唯一看的电视是日本卡通《哆啦A梦》，里面那个寂寞并且胆小懒惰的大雄哥哥，有次找到一个恐龙蛋化石，便日日窝在被窝里孵它，没想到不久竟然孵出来了，是只蛇颈龙，因为怕妈妈发现，偷偷养在棉被间里，每天喂它生鱼片，很快的就大到再也装不下了，故事于是开始。

于是就有那么一天，我起床时发现盟盟竟然已玩得重又困倒了，蜷在书橱前的地板上熟睡，但是令我吃惊的并不是这个，而是——

一屋子的球！……或许该说，蛋。

我四下打量着，妈妈收集的美丽手帕盖着一个爸爸的硬式棒球，一条小方巾包着一颗雪白的乒乓球，盖肚皮的毛巾被严密包裹着一个篮球，外婆的包袱巾下则窝着一对双胞胎垒球，矮几上还有一张张面纸分别包着三五不等的玻璃弹珠……

寂寞的盟盟，大概是希望一觉醒来，就有满屋子各式品种的小恐龙们可以做她的好伙伴，就如同蛇颈龙陪伴大雄哥哥一样。

盟盟五岁时听外公讲以色列和死海之旅，
暗暗作诗两句：
死海无生物，听见鱼发声。

台北最后两个文盲

在盟盟出生之前，台北就已刮起一阵学前幼儿识字风。领头并著书为文者，在他们夫妻的努力教导下，小小四岁孩儿能识得三千中文方块字。

此风在盟盟出生后，愈演愈烈。

初时我不以为意，毕竟襁褓期的婴儿，吃喝尿布才是最大事。

渐渐一两岁，盟盟会热心地把书们堆积木排火车时，我不免意识到书本的原始功能。

三岁多时，眼看仍在把书本堆堆当椅子坐而无意打开它们的盟盟，只好告诉自己和别人，那个四岁认三千字的小孩一定是天才吧。

不久，和盟盟去动物园玩，眼前一个看似尚未入小学的小孩，朗朗念着木牌上没有注音符号的说明文字，赶快第二天去重庆南路书店买了几盒字卡。

但是，盟盟显见的对字卡一点兴趣都没有，毕竟，家里有七只狗、五只猫、两只小鸟、一条斗鱼，与它们玩都来不及，为什么要去看四方方、不会发声不会逃的"狗""猫""鸟"？

于是我想起诸多幼教专家说的身教。

这并不难，反正全家本来就都是以读书写书为兴趣、为业的人，我只消继续保持在她面前无时无刻地不在读书，不就是最好的身教了吗？

结果是，盟盟说她最讨厌书本了，因为占掉了妈妈。在她眼中，字、书本，确实是抢走了妈妈的头号仇人呢。

我的不算彻底的教子识字，就这样暂告中辍了。

不愿意承认她天资不如常人，只想，确实在她的生活里，有太多太多比"字"有趣的东西了。再加上，她青梅竹马的玩伴阿朴，当盟盟还只认得"大、中、小、人、一"时，阿朴指着我的新书《下午茶》，扬扬念道"下牛菜"。我和阿朴妈妈愈发相濡以沫地安慰彼此：盟盟阿朴，绝对不致会是台北最后的两个文盲吧！

盟盟和阿朴看卡通，
米老鼠正面临十分危急的处境，
阿朴安慰盟盟：
"没关系，等下他的迪士尼同事唐老鸭会来救他！"

盟盟的采撷生涯

盟盟大约一岁半时，爸爸决定改变自由工作者的生活，暂时去当上班族。

全职妈妈的我，觉得大小两人终日坐困愁城度日不是办法，再加上担心会吵到也以写作为业、格外需要安静的外公外婆，便两人展开在外冶游的生涯。

在外冶游，近则屋后荒山，远则——不是什么专门的游乐地点——台大校园、植物园、新公园这类总之有植物的地方，即使是普通人家巷道也可以。

等她可用语言表达意思后，我发现她彻头彻尾是一个原始人。

她要求我替她摘一切她摘不到的高处——通常是人家院墙里或"禁止攀折花木"旁——的花叶，更多时是各式种子和不成熟的果子。

她的热切、得不到誓不肯离去的模样，使我一再抛弃公德心，偷摘了好多人家的青莲雾、芭乐、梅子、青橄榄……但见她视若珍宝，小心收藏的样子，每每让我马上忘记方才的逾矩行为，取而代之的仿佛自己是世纪初的马林诺夫斯基、列维－施特劳斯、玛格丽特·米德在做田野调查工作，尽量不大惊小怪地观察原始人为求活命的认真采撷。

习惯盟盟的采撷生涯以后，我会在每次出门冶游时，为她准备一个小袋子，以免我的皮包或外套口袋被她储满莫名其妙的东西。

例如盟盟爸爸，某次要从背包里觅一张名片给人家，掏出一块她坚称是恐龙化石碎片的小石头、一根公鸡羽毛、一把美人蕉种子、一颗坚硬如石的第伦桃果和一堆已发霉认不出原貌的浆果……

又气又好笑的爸爸不知道，我每次帮盟盟洗衣服，也要从她的裤口袋或外套里，倒出一堆差不多的珍宝呢。

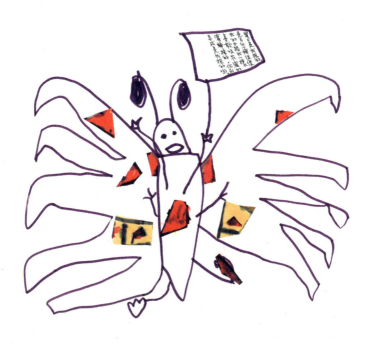

四岁的盟盟有天醒来告诉我她做的好梦：
一群七彩蝴蝶飞来飞去，
答应把她快吃完的蜂蜜罐给弄满。

学游的盟盟

前面写过学飞的盟盟，其实在此同时，她想学习水族们的心意始终更切，只不过都被不会游泳的妈妈巧妙地找寻了一个既廉价又安全的方式替代：放满一浴缸的水。夏天的时候，她常常可以在其中独自玩一下午，苦练各种鱼类的游法，直到皮肤泡得尸白才肯罢休。

如此她从周岁玩到六岁多，当然早已经不满足了，便在去年暑假中，去一位有社区游泳池的朋友家玩。让她两臂套上充气浮手，她一下池仿佛鱼入江海，且把两手交叉枕在头下，身体轻松自在地仰浮在水面上，好不令人心惊。

盟盟而且完全不肯接受善泳的叔叔的热心教导，认为捷式蝶式蛙式的泳姿十分古怪，并不类似任何一种她所知道的鱼族的游法。她坚持把两手掌置于肚脐处，小小快速地摆动，认为如此比较符合她眼中以腹鳍拨水的鱼儿们。

我在游泳池畔边看她边暗自犹疑不已，已经几年了，仍然决定不了该不该让她学会真正游泳，有谓在公共安全如此恐怖的台湾，过桥、坐渡轮才不致有生命危险；另一说是，不会游泳的人必定不会接近水，不接近水自然就没有溺毙之虞。

我不免想起一位过去的好友，她的丈夫就是在潜水时丧命的，但听她说，发现丈夫遗体的人描述，当时的他，一定是正被游过跟前的一群美丽的鱼群所惑，以致忘了压缩空气筒可支撑的时间。

……他的临终表情，是非常愉悦快乐的。

我担心，学会游泳之后的盟盟，终将会如鱼入大海，一去不再回。

也许那海中世界确实美丽极乐，无诸恶道及众苦……但我还不舍得将她放生。

阿二四：你如先
恩，我也是。

外婆教一岁多的盟盟唱客家童谣
"阿雕剪，尾铊铊，没爹没娘跟叔婆"，
盟盟偶在路上听到邻妇有以客语聊天的，
告诉我："她们在说阿雕剪话。"

喜歡這嗎？小卯兒：當然喜歡

盟盟的玩具

　　盟盟在入小学前的婴幼儿时期，其中很大部分的时间，爸爸妈妈都是选择自由写作和进修的生活。

　　在文学出版大萧条年间，所谓的自由写作，意味着物质生活必须处于极度俭朴到近于匮乏的状态。

　　既是自己的选择，有什么关系呢？同时代中已有前辈孟东篱，好吧，我们不居盐寮海边，便选择一种大隐于市的生活，把需求尽量减到最低——其中的两三年，每个月除了准备盟盟幼稚园的学费和必须给公婆家的，我们只需数千元就可度日——既然拒绝了一切非生活必需品，当然就包括了盟盟的玩具。

　　市场上的小孩玩具几乎全是塑胶制品，而且都不便宜，固然是我们不购买的主因，但更重要的是，好像还有太多可玩的嘛。先别说家中养的众活物们，就算狭义的玩具，爸爸的黑白围棋子被拿去当各国名菜反复蒸煮烤煎了好几年，都不厌倦。炊具呢？妈妈阿姨们的保养品的美丽空瓶罐就都是现成的锅碗，又不制造垃圾。

此外还有一种便宜好玩的玩具，三不五时去小杂货店买小包装的绿豆红豆黄豆……不是煮汤吃，而是找一块空地，例如我们屋后等待地价再飙涨的丑陋空山，洒洒一山坡，然后很长的一段时间，可以日日目睹它们的生长，一直到偶尔一个秋日，整山坡开满了一色的花海。

盟盟的玩具玩了好些年，爸爸妈妈到底觉得有所亏欠，选一个她五岁生日的那天，仿效很多父母，带盟盟去玩具反斗城，应允她可自由选择一样她喜爱的玩具。

结果她挑了一大瓶吹泡泡水，三十元。

我们觉得更亏欠了，就告诉她还可以再选一样。

盟盟走过芭比娃娃们（好险！），走过遥控汽车飞机前，走过电动玩具及卡带前……总算找到了她要的玩具，是一包塑胶什锦小虫，有好多红色的蚂蚁、黑色的臭虫、荧光绿的蜘蛛、蓝色的蚊子。

一包台币二十五元，我还记得。

母女谈心，
问盟盟，
爸爸第一爱谁，
盟盟非常坚持地回答是妈妈，
问为什么，
盟盟说："因为妈妈先有的，我后来才有。"

盟盟上幼稚园

如同很多自认稍具想法不愿随俗的现代年轻父母一样，在盟盟出生之前，我们就已决定，在我们还能"有效管辖"她的时间内，拒绝电视、速食、过度消费、制式教育等等。

由于同居的三代六口之家只有盟盟一个小孩，可预见的，在她漫长的成长过程中，于她最亲密的伙伴，将注定是五个日益衰颓的老家伙。

这些老家伙，尽管有一肚子经验与知识，但个个孤僻且待人处世之道理性过度，不知对天真不羁的赤子婴儿是福是祸。

让她拥有同年龄的人际关系……是我首次动念不排斥将来送她进幼稚园。

直到三岁多，见她虽能口吐人言，行踪却更近鸟兽。

她有时决定一整天当鸟，便择家中高处飞走，要不稳稳蹲在沙发扶手上栖息，双手撇在身后是羽翼，问她话，她执意地以某种鸟鸣声嗝啾作答，认为我们理当懂得。更多时候，她和猫狗共坐一处，称兄道弟，交换着猫言狗语，看了令人心惊。

便赶快找了一个离家只有两站的幼稚园。

送她入园的头一天，我独自走在返家的路上忍不住掉泪，深深恐惧万一突有大灾祸来临如地震甚或战争，我要如何在最短的时间越过我们之间的距离，把她重新纳入我的翅膀下。

入园才几天，替她洗澡时，发现她胸口有酒瓶盖大小的乌青牙印，问她原因，说是被同学咬的。问她痛不痛、有没有哭，盟盟说没哭。正要夸她勇敢，她老实地继续说出真相，因为她的嘴也正咬着同学的肩膀所以没办法哭呀。

俨然是另一个小小的野兽王国。

幼稚园的暑假快结束，
我问盟盟会不会想念学校，
她说会呀，
我问想些什么，
盟盟思索半天回答："灯泡。"

盟盟的死知识

马尔克斯《百年孤独》中的末代子孙奥雷里亚诺，活到十八岁从未出过家门一步，满脑子却充满着诸如"蟑螂共有一千六百零三种，旧约时代的杀虫法是……中世纪的杀虫法则是……"这类的无用知识。

这里也有一些死掉了的字，大概只有中文系同学在例如汉赋中才有可能接触，如"駁"：赤白杂色马；"驔"：黄脊黑马；"骊"：青黑色马……这些字在彼时当然别具意义，如同今日我们津津细究BMW、奔驰、莲花之差异特色。

盟盟便有一肚子类似这种"吃过羊肉，没见过羊"的死掉的、无用的知识。

她可以如见其人如闻其声似的向你生动描述，一只屎壳郎虫如何制造搬运一球屎团；她可以告诉你要捕摘千年人参应该准备的工具及其仪式；还有人脚獾（你听过吗？）要如何捕捉，绿绣眼又该如何诱取……

她尚有一肚子的牧场知识，例如骡子如何才肯乖乖上磨、马儿如何才能顺产、马骡与驴骡的外貌差异及其各自父系母系来历……乃至她才两三岁时，只要见到草地，一定当场咬含一嘴青草，两手握拳着地跪下，胸中自有主张地认为自己是某种草食动物。若一旁大人敷衍地劝她："噢，你是只小鹿啊……快起来吧！"除非你猜得正巧，不然她会示意你从她拳头的握姿判断出她此刻是单蹄目或偶蹄目的动物。

对于这个长到五岁多时，尚不知道麦当劳、小虎队、芭比娃娃的现代台北小孩，我不知道这些她自外公那里长期得来，于今肯定无用的大量的死知识，是什么意思。

此刻，这个小女生发着嘶声、马儿模样地跑来告诉我："刘备骑的是ㄉㄧ[音迪]马，白色的，这里有长长的泪沟。"说着，认真地用手指在眼角处比了一下，手势好像印度的祭神舞蹈。

盟盟某次说起一个幼稚园小班的同学
比较会说话了：
"可是说得还有点歪扭曲。"

盟盟的主人

盟盟在会爬会四下摸索探险的婴幼儿期，我们就发现，她乐意做飞禽走兽的时候远远多过做人类。

她认为，人类非常可怜，没有皮毛，没有牙爪，没有翅膀没长角，跑起来快不过同样是两足行走的大公鸡，跳起来高不过一只小蚱蜢，连飞，不跟老鹰们比，也飞不过一只七星瓢虫……更重要的，人类居然还少了一条几乎每个动物都有的美丽大尾巴！

做人类的小孩就更加无趣了，大人道理规矩太多，大人太爱干净，大人明明什么都能，独不肯为她叫太阳不许下山，好让她玩个不舍昼夜。

于是她很早便放弃做人类小孩，热衷扮演各种鸟兽鱼虫，最常的时候，喜欢做一头可爱的小山羊。

如此，不知从什么时候起，她径自认了大姨天文做主人，主人长主人短，有几次提出要求希望主人在她颈上拴条绳子，就更像了。

从此爸妈讲不听的道理，主人一讲就通；小羊摔破皮不肯疗伤，主人出面一定成功；几次遭妈妈打屁股处罚，便哭哭啼啼出走到主人房里，主人房里像个小小博物馆，收藏了好多旅行各国的小东西，做小羊的都深深知道其中每一件所来自的国度和故事。

主人且帮忙认真收集了小羊从幼儿到现在的画儿和手工美劳，每年一度整理展出，主人还制作了入场券并代为散发邀请。

展出时候，作者自己站在门口腼腆地收票，参观者外婆外公爸爸妈妈连主人，鱼贯出入。

若有一天，你不巧在我们客厅看到盟盟接电话，当这个一年级生老实地回答"在，你等一下"，然后喊"主人电话！"时，大概是侯孝贤导演有事找他的编剧："盟盟，你主人在家吗？"

盟盟说："我将来要学主人不结婚，不用照顾小孩，好轻松。"

盟盟的下辈子

　　春天到了，院子和阳台能开的花也都开了，盟盟便和蝴蝶蜜蜂一般辛勤工作，她以一支小楷毛笔替花儿们传花粉，忙进忙出，白棉恤上往往沾了黄色的花粉好难洗净。

　　自小，家中过多的活物，使得她十分习惯有生命的繁衍和消逝。

　　她追杀过善猎食的大猫，抢救下已流血致死的麻雀、蜥蜴，对之怅惘久久。她也给几只死党猫咪兄弟狗狗送过终，和外婆一同在山上为之设立树枝墓碑花朵棺材，几场豪雨下过，她仍清楚记得哪堆寻常黄土下是哪一只。

　　因此，我准备很久、小孩早晚会问的生死问题，始终没有使用的机会。

　　她偶尔跟随外公外婆去教堂上主日学，好像接受耶稣和天国的说法；她也听喜欢佛经的大姨讲讲佛陀故事，这一切使得持不可知论的爸爸妈妈心情矛盾，以为茫茫时空中暂时有所依托也未尝不是一种幸福，便放弃去影响她。

一个黄昏的下午，她眼泛泪光、非常悲伤地跑来，坐在我腿上，半天不说话。

我放下书，认真地看着她的脸，等待她。

盟盟说，不想要有下辈子了。

为什么？我问。

她说，万一下辈子是鳄鱼怎么办。万一，她哽咽着强调。

我忍住笑和眼泪，昧着心告诉她，只要她这辈子好好做人，上帝会随她意思下辈子爱当什么就当什么。

闻言她异常绝望地摇头说，根本没有上帝，那天上也是黑黑的什么都没有。

我恍惚想起幼时也曾经不能解的心事，便一字一字郑重告诉她，若她下辈子变成鳄鱼，我一定也变成母鳄鱼，若她变成桌子，我便一定变成一张妈妈桌子。

得到了我的盟誓，她擦干眼泪，放心离去。

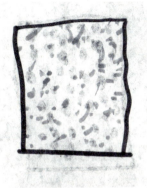

盟盟随外公外婆去教堂过圣诞夜，
抽奖时，
满怀期待的盟盟打开美丽的包装纸，
大喊一声："我好倒霉！"
是一本《圣经》。

听三国的盟盟

　　与我们小时候相反，盟盟在听或读《三国演义》之前，早已经从好几种版本的卡通里，陆续知道三国故事。

　　卡通都采用《三国演义》的观点，盟盟自然也全盘沿用，于是便努力地效忠和支持蜀汉这方自刘备以降的大小人物，绝不动心去喜欢曹魏东吴的多少风流人物。

　　这一点，倒是又与我们幼时一样，听故事入迷之外，无非都认为蜀汉简直就是当时台湾的写照。

　　念《三国演义》给盟盟听之前，先搬出《曹操集》来，读一读我所喜的曹诗如横槊赋诗：对酒当歌，人生几何，譬如朝露，去日苦多……以及历史上的曹操，唯恐日后的华容道里，他显得过于颠顶可笑。

　　由于盟盟是非常遵守校规和制式教育的小孩（例如她在才参加过三次学校升旗朝会后，会质疑妈妈："如果行政长官真的像你说的做得那么不好，校长为什么要我们尊敬服从他？"），不免要花较多的时间提醒她，秦失其鹿，人人皆可逐鹿中原，此中，得民心者就有资格竞逐，与玉玺、末代王孙、法统……不必然有关系。

于是，百读不厌的《三国演义》就开讲了。

《一千零一夜》似的接连每晚念了好多时日，终于，该来的还是来了。

先是庞统战死，再不久是关公走麦城，父子俩先后战死，紧接着周仓自刎，我都不敢看盟盟的表情。

其后，曹操卧病不起，待死讯传至，大异于我们幼时的闻曹阿瞒战败则破涕展颜，盟盟放声号啕大哭起来，声震三层楼，使得在写稿的外公外婆闻声赶下楼探看，以为她摔了大跤或心爱的美劳作品遭猫狗啃毁。

放下书，我抱过她来，拍着拍着，说不出安慰的话，觉得自己有些闯了祸似的。

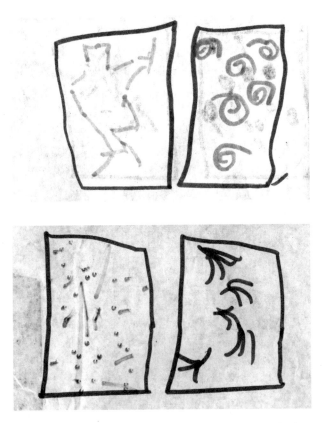

盟盟随外公看过不同剧团的《三国群英会》，
认为孔明一角是京剧团的张学津扮得最好，
中京院的冯志孝太胖了，都不像。

盟盟的萍水相逢

很可怕的，才小学一年级的盟盟已经可以穿我嫌紧的鞋子，至于弹性较大的短袜，早被她接收殆尽。

不过这还都其次，阴雨连绵的八天春假，无处可玩，母女反而聊了很多天，竟然，竟然我们可以一起回忆她的童年，她有大到已有往事可回忆了吗？

不过其实有太多往事她都不记得了，尤其三岁之前，多少我像袋鼠妈妈一样的晨昏与她厮混冶游——好比有次两人冒着生命危险去危楼大世纪看《白雪公主》，忘光了；有次抛下她去意大利玩了十来天，是两人有史以来最长的分别，玩得天天自责愧疚，她也忘了；还有耐心讲过的许多幼稚故事，她一个也不记得；更别提无数次的单骑远征去看山看海，她竟然都没印象！

这使我差点大呼不值得，早知道……

早知道，就不这么精心深情地对她了吗？

她记得的，反而是一些萍水相逢的事。

一岁半时，在散步途中拾到一条可能是钓鱼人遗落的活鱼，三四斤还在生猛挣扎的鲤鱼，被她紧拎着尾巴蹒跚带回家，养了几天才放生；两岁时在屏东糖厂看过的一株大菩提树；一岁多时就已死掉的一只叫小鱼的白猫咪；某个亲戚家楼下所养的赤冠大公鸡；还有曾经救过的一只负伤的小鸟……

她向我确定那只小鸟的长相："是不是眼睛周围有一圈白，颈子的羽毛是红棕色，它还一直啄妈妈的手？"

老实说，我完全不记得那只鸟儿的长相，因为是她还刚学会走路时候的事了。

还有不能不提的一只她在台大校园捉过的美丽蚱蜢，通体翡翠一般，放它走时它还恋恋不舍停在盟盟的手背上。

说起那只遥远的蚱蜢的盟盟，还会眼圈一红。

外婆用来装米的一只蓝色塑胶桶，
被两岁多的盟盟唤作"米米家"，
米桶后来改做垃圾桶，
盟盟对之大惑不解："垃圾为什么住到米米家？"

盟盟与雷义

雷义（音是如此，我始终不知是哪两个字），是盟盟念幼稚园小班中班时，号称最要好的同学。

对之我也十分熟稔，因为盟盟是乘娃娃车放学的，我们家是路线里的倒数第二站，雷义是末站，有时塞起车来，两人皆昏昏睡着，车门打开，我快乐地抱过盟盟，一面同情地对孤零零的雷义招招手："雷义再见！"

雷义是小小班的，小盟盟两岁，长得非常好看，唇红齿白，宽额大眼，十足聪明但也很腼腆，从来不回应我的再见。

我喜欢和盟盟聊同学们的事，浩婷、秀淳、安琪、陈东琴、张庭芳、乃心乃宽双胞胎……（都是谐音。）但她还是最喜欢雷义。

我难以想象，也已想不起三四岁孩子的友情是怎么一回事，也许无非是说说自家养的小宠物、前一天看的卡通、有关零食的资讯吧……

结果幼稚园突然宣布园址租约到期，房东不愿续租，中小班的学生必须各自另觅幼稚园。

被迫提早而来的分离，盟盟未见什么离愁，学期快结束的有一天，还向我宣布大消息："今天，雷义的话，就快要出来了。"

啊？原来雷义和盟盟是不聊天的！原来大概不到两岁的他，确实有可能尚无法说出完整的句子——那，长期以来，盟盟与他的感情是建立在什么上的？好奇怪。

各奔东西后的大约一年，我们在例行的黄昏散步的山路上，竟然迎面遇到雷义和他父亲，两家大人好像要意外兴奋得多，都敦促两小孩向对方打招呼。

盟盟又是不好意思怪病发作地背转身子不理人。雷义呢？无论爸爸一旁怎么提醒，他聪明的大眼睛里茫茫然的，不记得了。

走在回家的路上，惆怅难言，我多么想念浩婷、秀淳、雷义……啊。

两岁多时的盟盟，
每见我出门前对镜画眉，
终于忍不住发问：
"妈咪你为什么要画大头？"

盟盟的抽屉

盟盟出生时比预产期提早了十几天，所以很多新生儿必需的用品，我都来不及准备。

在医院的那几天，幸亏亲人和朋友们忙着代为张罗。

例如侯孝贤导演，便赶快送了一架美丽的藤制婴儿摇篮车来。感谢之余，不免觉得他实在太过紧张太有远见，因为依我当时的聪明估计，只比我手掌大不了多少的襁褓盟盟，大概可以一个大抽屉为家，还可以用各种美丽的手帕、毛巾铺成一个可爱的小窝，如同我们幼时羡慕不已的拇指姑娘可以一片花瓣为床。

实在我不知道她会一直长大，而且始终尚无休止的迹象，因为远远超出过往二十几年我照养各种宠物的经验。

于是在她才一岁时，我已经非常感慨不过数月前还天天穿的衣服已全无可能再把她给塞进去，便空出衣橱中的一个抽屉，专门收藏有关盟盟的纪念物，比如她破烂不堪的第一双学步鞋、她的第一张看病收费单和第一个红包，不用说，还有手脚指甲、头发……

要好几年，我才能习惯把她穿不下的衣服狠心传给朋友更小的小孩，惆怅得觉得送出去的仿佛是与她有关的某种活物似的。

盟盟的这个抽屉，早就爆满了，每隔一阵，我必须在其中翻找搜寻一支管状玻璃瓶，好放进她又刚掉的乳牙。

浮在最上层的，是一张新近收藏的考卷，成绩颇差（当然她也有一百分的，但那标准机械的制式问答，让我觉得非常陌生），考卷上，汽车写成了气车，某个字忘了两条腿，某格子空着忘了写……使我如历其境地看到：坐在教室里原本专心写考卷的盟盟，那时窗外的天空，一定正飞过一群欢乐嘈杂的麻雀。

川上課長，日本人，就值得被稱讚。他內心有認定咱們台灣人，知道住在山裡的居民生活很辛苦，平日也沒有娛樂，就組織宣傳隊到各村莊巡迴演出。從前我曾經覺得自己像個「內山皇帝」，這一次重回文山郡又是歷史重演。當時戰況日漸吃緊，川上課長沒有辦法親自到山裡巡查，在我出發演戲之前，他就把他的印章交給我，讓我通知當地的派出所，交代他們要接受我的檢查。等戲班坐輕便車一到大門口，迎接，然後我就先去各警察局把那些「巡查日誌」拿出來讓我檢查一看，我大概看一看，了解一下最近有哪些人偷抓雞或賭博，多少案件已結，未結的還有幾件，過幾天回景美後再向他們掏出川上課長的印章蓋章，這件事情現在想來還會覺得好笑！

在文山郡演戲時因為算是日本皇軍的宣傳隊，不用再受皇民奉公會的控制，我真的將文山郡五十幾個派出所都走遍，剛開始也是都演日本劇，一段時間之後我就建議川上課長不要光演日本劇，觀眾無法接受，不如先演一段宣傳戲，再演一段本省的布袋戲，川上就問我演情走緩和，才又問他，以前宿舍算是，猓隊——，我就這樣搖身變成文山郡警察課的職員。

盟盟因着喊"妈咪"的发音，
叫爸爸为ㄅㄚㄅㄧ〔音把必〕，
公公为公ㄍㄧ〔音哥衣〕，
婆婆为婆劈，
三三姨为三ㄙㄧ〔音C〕。

那位課長親切地對我微笑，我緊繃的情緒才稍稍旁邊坐下，還請我喝茶抽菸，看我的情緒隔定後？一個月有多少月給住在哪裡？我一一回答日文山郡來幫他演戲，一個月月給一百二十元日幣。可以安排我在大龍峒的家廳住進景美的高級旅館比照國語家庭的配給標準給語家話一人三兩，我全家人。當時一切都要照配給所以給我這麼優惠的條件，就是要我為他的宣傳進隊一效力。他想用布袋戲戲班來作宣傳的工具

盟盟的小勾们

前面的文章里提过，基于主、客观的因素（玩具太贵了，而且多是塑胶制品），盟盟在五岁之前，鲜少购买玩具。

但偶尔也有例外。

例如在我们走街的时候，每遇有中药店一定忍不住停脚观看，认为是个小小的动植物标本馆。

于是很快就发现居然有一捆捆的小海马干，那种偶尔在海水鱼水族店才看得到的小海马，成了药材仍不减其可爱，便买了一只，出乎意料才台币二十五元。

盟盟对之珍爱非常，取名小勾，为它布置了可爱的家，是一个有温暖卧铺的纸盒，成天携进携出，还好想带它一起去上幼稚园。

后来是和阿朴一家去冬山河玩，宜兰街上中药店中又看到一捆捆，盟盟表示希望能为家中的小勾添个伴，便买了两只，另一只给阿朴。在我看来长得一模一样的两只小海马干，两小孩换来换去好几天都不会弄错。

盟盟为宜兰籍的小海马命名为小褐。

一天，没有放妥地方的小勾小褐这对难兄难弟，连人带窝被猫咪啃得稀烂。便快趁盟盟放学前，急急去最近的中药店买了两只顶替。

两只新来的小家伙没能逃过小主人的法眼。非常伤心、只好接受的盟盟，现正在存钱，打算买店里新到的一批高大俊美的海马王中的一只，一只要四百元，老板说。

对于我们的不断购买和打听海马干价钱，我有口难言地忍不住想向老板解释这个日益壮大的小勾家族，实乃是应女儿要求的，因为据说，海马的药效是壮阳。

住高雄友人家，
一个不注意，
六岁的盟盟和更小的容容擅自穿过热闹的五福四路，
事后盟盟安慰大人：
"我们是共生关系，过街时她带路，我保护她。"

盟盟的脸儿

才在产前定期检查时，我的医生赵灌中大夫就一再警告我，不可放纵胃口把娃娃吃得过大，因为它有一个超级大头，届时若采自然生产必得有番苦战。

对此我一点都不惊讶，因为我和盟盟爸爸都有个很难买到帽子的大脑袋。

不到三千克的大头盟盟奋力出生后，凡探望过她的长辈都很紧张地再三叮咛，务必令她趴睡，尚可挽救她的大头不致过丑过扁。

天不从人愿，半岁之后，那头既大又扁且不生毫发，抱她散步时，邻居们都恭喜我一举得男。

盟盟没有遗传到爸爸的浓毛发深轮廓，没有妈妈的大眼睛，醒时不苟言笑，熟睡时法相庄严仿佛一尊小佛像，玩得筋疲力尽远超过上床时间、前来要求"再玩一玩"时，脸儿黄黄，眼皮塌掉，是个埃塞俄比亚小孩。

但也有像马吃夜草胖壮起来的时候，脸儿像个就要爆炸的红桃子，主人大姨喊她唐朝人，她也应；外公外婆去大陆旅游看到无锡泥人，就深深想念她；阿丁叔叔在敦煌看到壁画里的天女，大为吃惊向同伴发誓有个小孩长得就是这样。

盟盟且十分不修边幅，非不得已不梳头不洗脸，不肯穿新衣。

有时我接她放学去迟了，一群小孩正蜂拥冲出校门，我生怕错过、非常紧张地找她，大大违背了母女连心四目可遥遥相接的定律，往往她已走到我跟前，我尚在四下张皇地找她，谁叫是那样一张……

那样一张西方媒体访问第三世界时，在镜头前挤来挤去、天真、脏兮兮、不沾文明的、寻常的脸儿啊……

盟盟婴幼儿期每逢腹痛，
妈妈便边替她揉肚子边顺口乱唱：
"肚子肚子不要痛痛，明天给你好吃的东西。"
盟盟直到小学才知道世上没有这首歌。

独生女盟盟

盟盟满周岁不久，不堪亲朋好友的频频热心关切询问：什么时候打算再为她添个弟弟妹妹？我们也只好再次认真考虑到底要不要再有子女，尽管心中早有定见。

最大的诱因当然是：如此她终生会有可以互相谈心扶持的伙伴，如同我与天文、天衣至今愈发深醇的至交关系。

但是，我看过更多的兄弟姐妹之间视彼此如陌路如负担如仇人。

朋友可以依自己选择决定要或不要，而有了血缘无可选择的手足关系，其缠累伤情之痛苦，令我不愿冒这个险。

也有人一再提醒，未来高龄化的老人社会，独生子女的负担因着必须独挑而过重。

但我更看过众多子女的互踢皮球、老父老母一样无人照应的景况……

最终决定只要盟盟独生女的考虑是：这样才能钟情忠贞地对待她。

因为一岁时的盟盟，性情难驯如野生动物，兴趣古怪，相貌也距美丽可爱甚远，我害怕万一有了第二个子女（尤其人人都说次子女通常好带可人，又万一那小孩与盟盟相反，综合遗传到我和盟盟爸爸硬体软体最好的那部分），我难保不会移情别恋。

有谓父母的爱是永不缺乏不偏私的，但我一直无法相信五饼二鱼的爱情（包括父母待子女的感情），我不愿意冒险置自己于必须面对试炼的处境。

我决定独钟盟盟一生。

理由奇怪吗？

好在后来我在杨绛的文章中读到，她当年与钱锺书只打算拥有一个女儿的原因，亦颇类似。

可怜天下深情痴心的父母们。

四岁多的盟盟，
模仿大人很认真地写了满满一页稿纸的"字"，
要我代为念出，我说看不懂耶，
盟盟安慰我："没关系，这不是德文，是英文。"

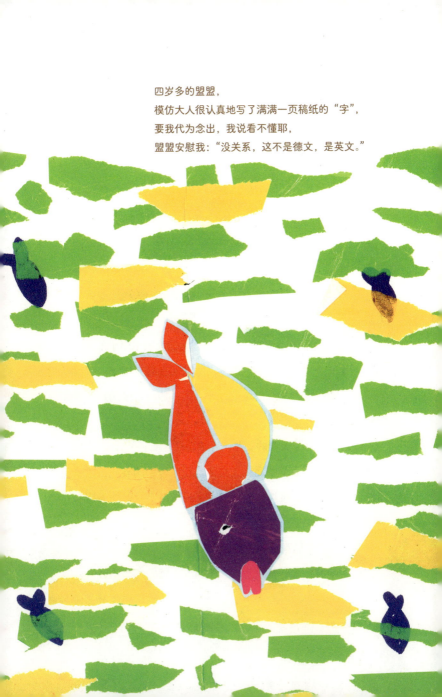

盟盟与表妹

上篇文章已提过只要盟盟独生女的原因，但这并不代表从此王子公主就可快快乐乐地过日子，相反的，是另一种艰困工作的开始。

例如，我们必须在她承受全家大人所有的关爱照顾下，费力教她能够不自私、不过分孤僻。

"不自私"落实在孩子的生活里，无非就表示眼里不可没有别人、凡事必须与人分享，等等。但这实在有点困难，因为我们断不可能跟她抢牛奶借玩具、不会侵占她与亲爱妈妈的独处时间……

好在去年有了天衣的女儿，表妹容格。

容格与盟盟完全不同，长得像奶粉广告中的婴儿，还不会走路说话就能唱歌跳舞，还能用令人目眩的丰富动作表情与周遭大人成功地社交。

于是我们偷偷观察她们姊妹俩的相处。

很无聊的，竟有些失望。大概两人年龄已经差距过大，盟盟竟然不吃醋妒忌，有些婴儿时代的老玩具也肯送容格，对于容格对她的时凶时崇拜，她也看得淡淡的，仿佛她是家里新养的一只小宠物。

父亲当年替姊姊记的婴儿日记中写过，父亲曾教那个好可怜才一岁半就做小姊姊的天文这么唱："好妹妹，不分离；在天上，鸟一比；在地上，保护你；你要往东，我不往西……"

此中有好事之徒，索了表姊妹俩的八字去排紫微，说容格将来是个拥有事业财富无数的女强人，盟盟是个类似艺术工作者的单干户。

若在她们的时代，文化艺术工作依然萧条甚至不能温饱，我想届时盟盟起码可以去容格的工厂谋个职吧。

至今都没请父亲教盟盟唱那首"好妹妹，不分离"，因为来日方长。

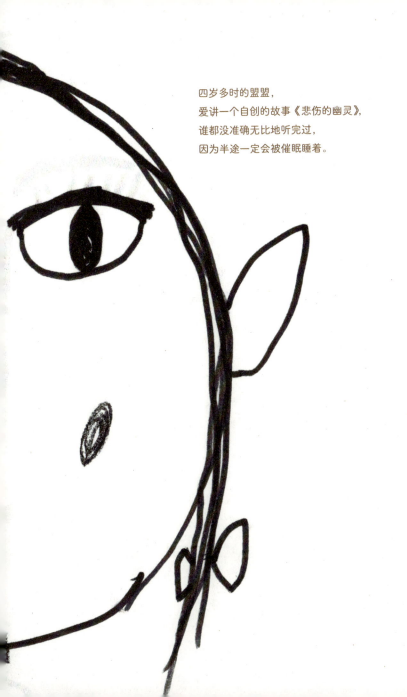

四岁多时的盟盟，
爱讲一个自创的故事《悲伤的幽灵》，
谁都没准确无比地听完过，
因为半途一定会被催眠睡着。

盟盟的温州街

曾经有一次，与前辈张北海边聊边走在和平东路、温州街一带，夏季喧天的蝉声，逼得我们得用吼的才能听到彼此说话。

我问他这个曾因"保钓"有十数年不得返台的老台北，此刻的台北，还有没有什么地方可以让他还有回到从前之感。

毫不意外的，他指指我们周遭的巷弄。

盟盟在念幼稚园大班时的学校，就在温州街、泰顺街一带，于是，有一整年，每天早一回晚一回，我们都必须出没其间。

那一天（天啊也不过就是去年！），我想，将如温州街之于张北海、之于李渝……之于很多很多人一样，在未来很长的岁月里，无论在白日或夜晚，醒着或睡梦中，它旧日的青瓦木屋或现下的水泥楼层，都将对我们放着金色的温暖的光（这几句仅凭记忆使用李渝《温州街的故事》的片段）。

通常我和盟盟都舍路边现有的公车不坐，每天精心挑选今天要走哪一巷哪一弄，往往，两人立在两条望去皆美丽的巷口，迟迟无法决定该走哪一条，尽管每条巷子我们都走过少说有十来次。

　　每一条巷子都依其特色给命了名，优美如"石榴巷""使君子（花）巷"，也有"杀鸡巷"，因其巷口有现宰活鸡的贩子……还有一条种满了枫香的死巷子，我们都忍不住弯进去站一站，抬头望望树上快乐得要命的白头翁们。

　　一次正逢台静农故居被怪手拆毁，目睹毕，我们难免感慨地进到院子里，捡拾一株拦腰撞断、刚去世的老香樟的树干碎片回家做纪念。

　　盟盟毕业时，原址已盖起了好丑好贵的公寓。

　　六月了，使君子巷内的那株玉兰一定大开，秘密巷的面包树和构树将将初实，我们好想念属于我们的温州街……

和盟盟去三三姨家度假数日回，
一进家门，
盟盟望空嗅嗅，
说："到处都是阿爸味儿。"

盟盟的哭

四岁多时的盟盟，有次上幼稚园临出门际，向我抱怨："我好羡慕狗狗，都不用上学。"

我看看她所指的院子里东倒西歪一地、正摊着肚皮晒太阳的七条狗，也不禁打心底好生羡慕，但不得不振作起精神告诉她：其实猫狗也羡慕她好多事，比如她能坐车出远门玩、能画画、能与亲人一起不分离……

老实的盟盟立即被我说服，并问那我可也有什么羡慕她的。

很难告诉她，我最羡慕她能不保留地张嘴大哭。

婴儿期的盟盟，身体健康，几乎很少哭，哭时声音又低又冷静仿佛乌鸦啼，纯粹只是语言，通知大人好换尿布或泡奶喽。

渐有情绪和主张的幼儿期，在一再试探人类世界的是非界线时，几次发现用哭闹无法逼迫大人就范，很快就放弃此法，所以仍然少哭。

什么时候哭呢？

当她视若珍宝拾来的一根公鸡羽毛、一块石头或一截枯树枝，得知又被大人不慎当垃圾扔掉时，她会伤心大哭起来，眼泪迸出，哭声震天，五官以鼻尖为中心向外横竖呈放射状。

我没有一次不被她的哭相深深吸引且震动，羡慕向往之心好难形容。

也要一段时间，才能完全接受和习惯她哭的原因。

于是一回两人出游回来，才下公车，一阵晚风把她捏了一天连瞌睡都没松手的一片叶子刮跑了。暮色里，我紧张地趴在地上找着，找着，终于，她一旁绝望地大哭起来。好心的路人闻声也蹲下来问我丢了什么好帮忙找，我备感艰难地回答："一片叶子。"

路人觉得非常容易解决地随手摘片行道树的叶子给大哭中的盟盟，我无暇谢他，继续埋头找钻石一样地找寻那片无可替代的叶子。

盟盟看爸爸打电动，
问爸爸是哪边的，
爸爸说是攻的，
盟盟不解地问："那哪个是母的？"
见我们笑起来，很生气。

盟盟与植物

至今我还十分清楚记得，三岁多住在桃园侨爱新村时，妈妈得空就带各一、三、五岁的姊妹三人，去离村子老远的荒郊野外玩。

妈妈常打赤脚，边哼圆舞曲边跳她自创的芭蕾舞步，我们一旁各玩各的，放野牛羊似的。

往往大草原上一个人影也没有，黄昏起风时也很叫人害怕，但那种青草和泥土无与伦比的气味，令人难以忘记。

打从盟盟出生，说不上好坏的，我也很想把这泥土青草的气味，传家宝贝似的给这个童年大约注定得在台北都市度过的小孩。

盟盟对植物有着非常亲爱自然的关系，每见到可爱的（无毒）嫩叶芽，她一定忍不住停脚摘来嗅嗅，放在口中嚼一嚼。有时外公外婆边散步边采野菜，她的利眼快手是最好的帮手，外公爱吃怪味儿的昭和草和龙葵芽，三岁时的盟盟可以独力采满好大一袋而没一片错的。

起初，她必须借着种子妹妹果实弟弟才能辨认出植物们的种类，后来她可以从花朵爸爸叶子妈妈、从整棵树的姿态，及至冬末叶落殆尽的枯枝爷爷，分辨出植物的种类，如梨树、木棉……

　　她自己归类出，叶子羽状对生、唇形花朵的，一定会结出豆荚种实（从高大的阿勃勒到含羞草）。

　　她发现小小星状花、叶子沉绿色的，其果实踩破一定是一泡碎子的浆果（茄科）。

　　还有香味小白花、叶绿坚致，其果实无论大小（柚子或七里香），果皮刮刮一定有油有异香（芸香科）……

　　对于这个前人已经研究殆尽的领域，我多少疑惑，她如此津津好奇在其中是什么意思呢？

　　……唯一可确定的是：那大概是一个确实耐人寻味的世界吧。

盟盟见那群她曾目睹出生的猫咪在晒太阳，
感慨地说："猫咪都长大了，
以后要改名叫大霜、大雪、大麦麦、大姊姊了。"

盟盟与蝌蚪

大约在盟盟两岁时，屋后的美丽荒山被某财团买下，大肆垦辟，等着建照下来。

曾经藏有无数野鸟、草木的原始杂树林，一夕之间变成几大块陌生的黄土台地，我们伤心得好一段时间不愿意去爬山、去面对蒙难的它。

几场夏日雷雨之后，黄土山上工程车辗过所遗下的轮胎印痕中，积了清浅的雨水，其中竟有一家一家的蝌蚪们，若逢连续数日晴天，那蝌蚪们就成了一摊标本了。

于是，黄昏时分拯救蝌蚪，就成了盟盟每天的例行工作。

有一张相片，记录着当时她的工作装备：大晴天里她穿着雨鞋仿佛传统市场中的鱼贩子，手提小孩们沙滩游戏的沙桶和外公的花铲，晒得通红的脸因应大人的要求拍照而显得不耐烦。

整个黄昏，她专心一致把浅坑里的蝌蚪不遗漏一只地舀进桶里，然后在附近山沟觅一处较有源头活水处，把蝌蚪们移居其中。若值山沟也干涸，盟盟只得把它们全部携回家，暂时养在外公为她准备的大小水缸水瓶中，依其大小和长腿与否的变态情形，分成幼稚园大中小班暂时喂养，直到山上大雨后再放回。

如此的工作，她做了差不多两年。

但凡她辛勤工作时，大人们大多天地不仁的也不怎么帮忙，因为反正两年后工地开始动工，届时蝌蚪青蛙的命运没什么差别。

但是……那几年的夏天晚上，蛙鸣还真喧天得像乡居，像三十年前的童年暑假似的。

盟盟非常珍惜她的蝌蚪朋友们，一次，向好朋友阿朴介绍蝌蚪，说它们是青蛙的baby，向来思考异于常人的阿朴爸爸一旁问她："那青蛙是蝌蚪的什么呢？"

两岁多的盟盟，想了一会儿，勉强地回答："是朋友。"

盟盟拯救蝌蚪，

并将之放生在水丰处时，

都不厌其烦一一捧到嘴边道别并叮嘱：

"不要忘记变成两栖类喔。"

盟盟与宝福

以前曾在此专栏写过《盟盟上幼稚园》，说明我们决定送盟盟去幼稚园所考虑的理由。

盟盟一开始上学就上全日制的，因此是全家唯一一个必须朝九晚五出没的人。

彼时的全家大人，全以自由写作为业，有的中午起床吃早饭，也有凌晨两点才要开始一天的工作。

工作时间固然自由，收入却也着实自由得很。

于是乎，便常常出现这样的情景：傍晚五点多，娃娃交通车把她送抵家门，家中大人闻声一拥而出，接她进门，递茶水、拿拖鞋，七嘴八舌抢着问她学校今天可有什么新鲜事儿。

非常讷于言的盟盟，此时总十分疲倦地歪躺在沙发上说不出话来，除了没有拿起报纸，不然完全像是卖命商社工作一天回来的日本丈夫。

硬要好奇地探问下去，三岁半的盟盟，会不时说到一个名叫"宝福"（音如此）的男同学。

宝福很顽皮，常常偷吃牙膏、偷吃鼻屎，鼻屎吃不完，便把它悄悄放入同学颜色相近的点心绿豆汤里，午睡睡不着，便面壁在墙上磨手指甲，但是宝福甚为顾念盟盟，几回小动物们的斗殴群架都与盟盟一国。

因此有一天，还特带了几只心爱的小蝌蚪去学校，说要送给宝福回家养。

学期结束的游艺会上，我向盟盟老师打探宝福是哪一位小朋友，我很想看看那段时间在盟盟生活中如此重要的人物。

盟盟老师有些惊讶地回答，班上并没有这样一位小朋友或名字发音类似的。

我问，会不会是其他班的呢？

老师想了想，肯定地回答，幼稚园里没有宝福，从来没有叫作宝福的人。

……

刚回来那群恐龙都是美国意大那的鸭嘴龙。它们的嘴很像壮颈龙的嘴，因为有一会没注意，还去吃草，和三角龙吃亭。树上还有一名长翅土寻，这却是当大的风神翼龙，老喜欢就吃饱饭飞下去，分割下的肉。

可是翼龙正要吃时老是半天地中一声，其他树上的翼龙却一起就飞就起走了。

长得实在像小男生的盟盟，
上了幼稚园数日，
我问有没有同学以为是弟弟，
盟盟说都知道她是妹妹，
"因为头上有橡皮筋（扎的冲天炮）"。

1990.
5.
28.

馬林魚

盟盟的叔叔们

少年朋友中，我们算是很早结婚的。

于是乎，才在怀孕的阶段，已有甚多单身汉男友向我们预定，将来要当娃娃的干爹。

待知晓娃娃是个女孩后，更有几名自认结婚希望颇为渺茫的叔叔，改登记为我们未来女婿的候选人。

盟盟出生后的一百天，几名未来丈夫候选人的叔叔，还分别抱着她照相留念，对于怀中那名不哭不笑严肃木讷的娃娃，叔叔们说不出半个感想来。

其中在我怀孕期常带我出游并进补的非易叔叔，在盟盟出生前一个月赴美念电影，通信中不时关切这名他陪过大半年却未谋面的娃娃。待我把盟盟半岁大、胖得全盛期的相片寄去后，但凡他的每一封来信，信封上都写着"谢欢舒小朋友收"。

对于这个古龙小说式的美丽的名字，大概只有我们知道，"欢舒"是"番薯"的闽南语发音。大概非易叔叔觉得，想象中的小女娃，怎么会长得和《老夫子》漫画中的那名"大番薯"

一模一样?

　　学会走路之后的盟盟，登记第一号丈夫候选人的叔叔终于打了退堂鼓。

　　他来玩的那日，天气大寒，唯盟盟仍一如平日，屋里屋外皆赤着脚（以致一度遭他误以为我们行的是斯巴达式的教育），好大一个头上寸发不生，只管抱一只有她半个人大的恐龙模型进进出出，不肯理人，更不知撒娇为何物。

　　"真是个原始人啊……"叔叔这样喟叹着。我们皆谅解——打退堂鼓的叔叔们，当然。

盟盟的幼稚园突然宣布关门，
盟盟非常排斥我们正考虑的新幼稚园，
便代作园歌一首反复唱：
小汉家小汉家，
小朋友都穿白衣服，
还有个孙主任，
常常发神经，
因为有次感冒 40℃，
大头烧坏了。

盟盟在娘胎

婚后第十个月，觉得每天困倦呵欠异常，好像上了鸦片瘾，便去检查身体。

发现有近三个月的身孕。

第一个反应是，不行还没玩够，还没习惯为人妻，怎么能当人家妈妈？

与我结婚的那人，倒是完全尊重我的决定。

次日，正好出版社仓库搬家，我比谁都搬得勤奋卖力，七八万本书里我搬了少说有一万本。当晚呼呼大睡，无异无恙。

便瞒着长辈亲人去一家私人医院，只有好友蔡琴在家随时待命、准备烧一锅麻油腰子让我恢复元气。

动手术前，老医生不知有意无意给照超声波，指给我看，你看，娃娃正在拍拍手呢！

那是我第一次看到盟盟，含着眼泪。

五个多月时，嗜睡期过了，又可健步如飞，决定与爸妈、天文和几名画家雕刻家去地中海周围国家。

临行晚上，手指比我巧的非易叔叔，帮我把牛仔裤裤腰给放大几寸。

埃及南方的阿布辛贝，第一次盟盟大翻身。

土耳其的特洛伊，深秋的野风寂寥得很，我采集了一些废城垣上长的野花花籽，打算日后种出来以便于向娃娃回忆。

克里特岛，宙斯天神之母当年偷偷躲藏在这里生下他。

我看着无时无刻不见的环岛的湛蓝的爱琴海，有种奇异的感觉，一点点忧伤，一点点甜蜜，因为那海的缘故，我想好了肚中娃娃的名字，不论是男孩女孩，名字里有个海字。

登上雅典卫城的山头，盟盟已经六个半月，我已能怡然自在地指给她看帕特农神庙，向她简单地介绍希腊众神祇的故事了。

有次牧师来家吃晚餐，
外公带领饭前祷告，
盟盟一旁有事问公公，
公公不能理，
一直祷，
盟盟委曲不解地大哭起来。

盟盟出生彼日

盟盟出生的前一夜，大年初二，无聊朋友聚赌日。

阿丁叔叔新教会我们一种扑克牌戏，一如往常，他输的次数与闹的笑话最多，我因此屡屡痛快大笑到觉得身上每一窍都舒畅大开。

凌晨四点多，牌戏散局，睡不着，只好收拾起行李来，尽管预产期应该是在一星期后。

随后开始非常规律的大痛，经心一算，是间隔五分钟，前人殷殷的经验告诉我这就是了，但我仍怕被人取笑神经紧张，便一直隐忍到天亮，才摇醒呼呼大睡就要做父亲的那人。

年假没塞车，计程车不到十分钟就到荣总，我的医生赵灌中晨跑中接讯前来，牛仔裤加 T 恤好叫我想起身也随他跑去，但他要我尽力试试自然生产，尽管娃娃的脑袋太大，我的骨盆过窄。

这一试，从早晨到下午四点，中间几度我好想喊暂停回家能不能明天再生。

盟盟爸爸一直随侍在侧，护士们怎么教他他便怎么做，我有时力竭睡去几分钟，他便一支红笔一本《资治通鉴》随时拿起来看，冷静得——好可恨哪。

一向怕疼痛的我，怕日后被取笑，从头到尾闷不吭声不肯喊痛，隔房待产室的一名年轻妈妈好大嗓门边喊痛边骂爸爸："都是你害的啦！"

下午四点，赵灌中医师第好多度检查毕，夸奖我比他原先预期的有耐力，便决定用麻醉，把娃娃夹出来。

我觉得很久，仿佛沉睡一场，其实大概才十分钟，听到娃娃像乌鸦的啊啊啼声，护士小姐前来恭喜我生个女孩，我只问了一句好像全天下妈妈都会问的问题："娃娃手脚全吗？"

得到答案，便放心地睡着。

次日在喂奶室，听互不相识的妈妈们热烈抢着回忆自己是如何摸到一副好牌，然后——不得了羊水破了！

盟盟是只丙寅虎，与外公整整差六十岁。

四岁的盟盟和爸爸一起玩乐高，
爸爸心有旁骛地想做别的事去，
盟盟阻止爸爸离开：
"听说你很会盖乐高，
请再盖一些好不好？"

盟盟的台北地图

对于我所认识的许多台北小孩，他们心中的台北地图往往好像是这样的：城南有个动物园，城西听说很脏乱很神秘，城北有圆山儿童育乐中心和阳明山，城东有台北中山纪念馆和凯悦饭店，其间还散落着非常重要的麦当劳、玩具反斗城、百货公司以及各自的才艺班，等等。

盟盟呢？

我以为她的那幅地图比较接近数百年前探险家们所手绘的，又或像古早农业时代的邮递地址：大湖村南木板桥过去第三棵大榕树的黑狗家。

例如她的兴隆超市是"养着一群黑山羊的小公园旁的超市"，她的泰顺街是"市场口的榕树下的杂货店前拴一只金刚鹦鹉"，她的新生南路二段是"卖海水鱼的水族馆和门前庭院有鱼池的茶艺馆"，不大来往的亲戚家是"一楼养了一只美丽的赤冠大公鸡"……

若是再加上季节变换的因素，她的那张手绘老地图就又更复杂美丽了。

春天的时候，她地图上有青橄榄和艳红咖啡果实的地点会闪闪放光，我们就得赶赴欣赏和偷摘；夏天的时候，地图上浮凸出几条白千层似雪的街道，其间的某些株面包树也亮起面包果成熟的黄光，还有青田街四巷巷口的老芒果树下，一定可以捡到几颗早夭的青绿落果。

秋天呢？

秋天里，我们精心发现的几条幽微的秘密巷道有橙色的槭叶于金风中抖动着，于是她像松鼠一样灵敏地忙碌捡拾落叶以及采撷各种野浆果，仿佛真的打算过冬。

冬天。某个有太阳的午后，我邀请她去一家有好咖啡和手制饼干的小店，打算过个文明人的下午。

是不是门口花坛种了粗勒草和肾蕨的那一家？盟盟这样问。

有回我们必须通过野狗狗屎密布的路段，
盟盟小心翼翼地择隙绕跨，
自言自语"好像在走迷宫"。

盟盟与爸爸

写盟盟专栏以来，一些新读者曾委婉善意地发出疑问，以为我们是个单亲家庭，不然为何不见孩子爸爸的存在与角色？

很长一段时间里，盟盟爸爸选择的工作与我大致相同，都是待在家里的自由写作工作，所以家务、经济并无主内主外之分别，在与孩子的相处上，也无需刻意的分工和角色扮演的分配。

便以各自一向的交友待人之道，自然地对待这个新结识的小朋友。

因此爸爸对盟盟一无所求，全不寄望。

在盟盟无法理喻的幼小年纪，爸爸绝不施以任何严格的语言与行为，与阿朴爸爸对待阿朴一样，不过认为"你们中间谁是没有罪的，谁就可以先拿石头打她"。

盟爸爸虽如其他大人一样觉得小朋友天真有趣极了，但不乐意我们对待可爱小动物似的与盟盟嬉戏逗弄。

盟爸爸以读书为业，却不急着主动给盟盟什么学问知识，婴儿时期，爸爸最常做的就是抱着她唱遍世界名曲如同当年唱给妈妈听；爸爸鲜少参加母女喜欢的在外冶游，但很有耐心地与盟盟合作各种美劳手艺，两人从学会折鹤到现在，少说折过一千只鹤，虽然并没什么要祈福禳灾，两人还可不交谈一句地连花数天时间做成一个好大的纸雕恐龙；爸爸每逛书店买回诸如《巴黎公社史》《开放社会及其敌人》时，一定为盟盟带一本新出版的《哆啦A梦》，两人合看毕，津津有味聊好朋友似的聊大雄哥哥、静香姊姊……

盟盟明显遗传爸妈两人最痴傻的那部分，不知为何爸爸却喜欢她那个较同龄小孩显得呆的样子，观之不足忍不住叫一声："傻妹妹。"

盟盟便行礼如仪应答一句："大胡子妖怪。"

爸爸非常尊重盟盟的人格与体格，
但仍不免有亲亲她的胖脸脸的时候，
盟盟总果决地拨开爸爸的大胡子脸，
批评："太毛了！"
也叫 KIWI 爸爸。

盟盟的日本

　　盟盟出生前和婴幼儿期，每一年我和盟爸爸皆会选一个特殊的季节去日本（樱花季、水蜜桃季、枫叶季……）。我们住民宿，吃轮转自助寿司和超市便当，每天背着背包从早上九点走到晚上七八点，巡旅僧似的行脚遍及大街小巷和深山溪谷。

　　由于此种花费少少的旅游方式对他人过于辛苦，我们迟至盟盟四岁以后才让她加入，但又不愿因她而影响我们喜好的地毯式行军，便带了一个可折叠的娃娃推车，旅途中让她累了随时可坐可睡，并打算用后即弃不带回台湾了。

　　平日腿劲给锻炼得很行的盟盟，除了捡树叶银杏果或拾一根鸟羽摸一只路边大猫咪外，决计不肯自己行走一步。

　　寸步不离那个从台湾带去的推车，是属于她自己对"文化冲击"的反应方式吧。

　　初到的那日，我们挤在下班通勤电车里，脸贴脸地乍闻好多日本话，盟盟仰头对我玩笑似的反复发着"ABC、ABC……"，如何制止她她都唱片跳针一样地不肯停止，小脑袋中确实有一条线短路掉了。

盟盟不爱制式玩具，也不耐烦包括百货公司在内的一切室内，她只对很多台湾没见过的温带花木，以及天空中时时出现"啊啊"喊着的乌鸦兴致不减。

不擅表达自己感情想法的盟盟，始终没有说过对日本的最初印象（尽管后来又去了几次），不过我大约猜得出，一定是好多的人腿（若她在推车上平视前方时）、北国的天光云影和树巅楼顶的鸦雀们。

曾经有一个黄昏，我们推她走在下班时拥挤的银座街道，迎面匆匆的来人看到那么一个好大的小孩坐在推车上，皆露出讶异同情的神色，一定以为她有肢体上的残疾，等待绿灯时，车上的这名大小孩忽然朝天空学飞过的乌鸦、发着好大也好像的啊啊声，路人随即一片轻微的惊诧喃喃声，并更加同情地看我们一眼了。

不用说，那辆被过度使用的破旧的推车，在盟盟的坚持下，又一起随我们回台湾了。

1

993
82

23456
910111213
5161718
-02122
32425
272829
31

1993
82
1234567
891011 12
13 14 15 16
17 18 19 20
21 22 23 24
25 26 27 28

3

1993 (82). 3. 7 8
13 1
19 2
25 2
31

4

1993 (82). 4.

1	2	3	4	5	6
7	8	9	10	11	12
13	14	15	16	17	18
19	20	21	22	23	24
25	26	27	28	29	30

1993 (82). 5.

1.	2.	3.	4.	5.	6
7.	8.	9.	10.	11.	12.
13.	14.	15.	16.	17.	18.
19.	20.	21.	22.	23.	24.
25.	26.	27.	28.	29.	30.
31					

6

1993 (82) 1 2 3
8 9 10
14 15
19 20 21
25 26
28 29

7

5

1993 (82) 7

12 3 4 5 6
7 8 9 10 11 12
13 14 15 16
17 18 19 20 21
22 23
24 25
26 27

1993 (82). 7.

1. 2. 3. 4. 5. 6
7. 8. 9. 10. 11. 12
13. 14. 15. 16. 17
18. 19. 20. 21. 22
23. 24. 25. 26. 27
28. 29. 30. 31

8

盟盟第一次抓到蝌蚪时，
万千感觉地告诉我：
"好像是仙草。"

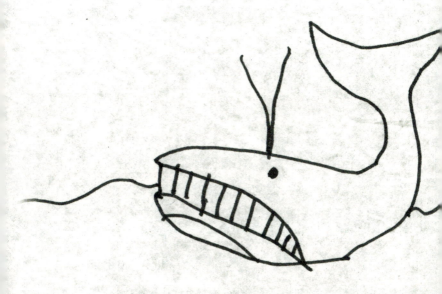

与盟盟争食

大概每一个做过父母的人，都会十分欣慰于子女对自己的体贴与回馈，哪怕那通常简直无法十分之一及于自己对他们的付出。

我就仍清楚记得盟盟两岁生日时，她小心翼翼捧着第一块切妥的生日蛋糕给我，并坚持看我吃完的情景。

可惜好景不长。

当然我得承认可能是出自母系好吃美食的遗传，盟盟也嗜食那些我觉得好吃的东西，好吃的东西便宜而多时自不成问题，偏偏贵而稀少的时候好像总比较多。于是乎，每隔一段时间，我们总会合演一出家庭伦理大悲剧。

例如我买了上好的生鱼片或特级腓力或一盒手制巧克力回家，两人马上呈紧张关系。她会先清楚表示（甚至用歌唱方式）她非常喜爱这些食物，自然我也乐于看到她这么快乐，然而当她一吃起来就没有罢休的态势，而且对于我的一旁注视不时发出小动物护食的唬唬声，不免令我忍不住提醒她我也该有一份的，并且略觉委屈：别人的小孩都很孝顺耶，不惜搬出比方说千年前的那些怀橘遗亲或卧冰求鲤的小孩们……

故事听罢，盟盟仍不为所动地坚持，那些东西既然给了她，为什么又要讨回呢？

战事至此，通常家里其他人已知趣退出，并声言他的那一份弃权或让给谁（已快含泪的那一方）。

天啊吃东西事小，她怎的像她爸爸一样是绝对不肯说一句或许虚伪但中听的话，也许那样我反而一口不吃地也全省给她了。

可是自己不也很无聊吗，平日一再肯定、鼓励她的真实不作假，这会儿却又明知故犯违背原则要她说好听的假话，尽管取悦的对象是她的妈咪。

每与盟盟争食一次，我就愈益困惑：真实不作假与自私任性的分际到底在哪里？唯一可以确定的是，二十四孝的老故事愈发渺茫离我远矣。

盟盟有次犯错，
道理如何说尽都不肯认错，
两人冷战了两天，
到底因为有事求我前来和解。
五岁的盟盟问：
"要是我不认错，
妈妈是不是到小学都不理我？"

盟盟去大陆

盟盟五岁多的时候，我们决定带她一起陪我爸妈去大陆探亲。

接待过好几次台湾亲人的盟盟的六姑婆，闻讯急忙来函表示他们特为盟盟做了万全的准备，包括一大桶最好最贵的红旗牌奶粉，紧张地迎接一名娇贵的小公主似的等待这个"资本主义社会"的都市小孩。

到了南京，我们才在与初次见面的六姑和表哥们亦生亦熟的话叙中，盟盟已和念四年级的小表哥颖俊、颖杰爬到六楼阳台厮混开了，并应邀偷看他们秘密饲养的小虫小鱼。

小表哥们每天仍得上学，盟盟不时在阳台巴望他们放学好有的玩。但两人回家还得做颇重的功课，盟盟在一旁陪读良久，好不容易可以玩了，六点钟电视的机器人"铁金刚"类的卡通开始，两个小男生无暇他顾，小表妹只好独自到阳台去觅虫子玩。

其后，回老家。

老家自我爷爷一代已从山东迁至苏北宿迁，三个堂兄皆务农，没赶上这一波的农村经济起飞，加上家传的不擅谋事不愿求人，与台湾这里的朱家一样穷穷的，挣的都是辛苦钱。

盟盟回老家如鱼入江海，晃眼就老不见人影，我仍携带台湾治安的恐怖经验，往往失态地不得不中止与亲人的聊天而四下慌忙寻她去向，但其实她大都在棉花田里研究棉花那几日的生长变化，或与小她三岁但得喊她表姑的朱云车在干麦草垛旁掘坑拉野屎，也常在我爷爷奶奶的坟前麦垄上找寻屎壳郎。

小云车看出我的惊慌，常常自动跑来向我报告盟盟的最新动态，他用我几乎听不懂的山东话说："俺表姑将将在和薄（稀）泥。"嘹亮的嗓门、威风的大侠模样仿佛梁山泊兄弟。

分别的那日，我原希望盟盟会真情流露地代我们大人哭一哭，她却一派开心地像明天就又要见面似的。

飞机起飞的那一刻，盟盟放声大哭起来，我拍拍她的背，说不出安慰的话，眼前南京城白墙黑瓦的民房模糊起来。

盟盟的眼泪，肯定远远多过外公四九年同样离开南京时的。

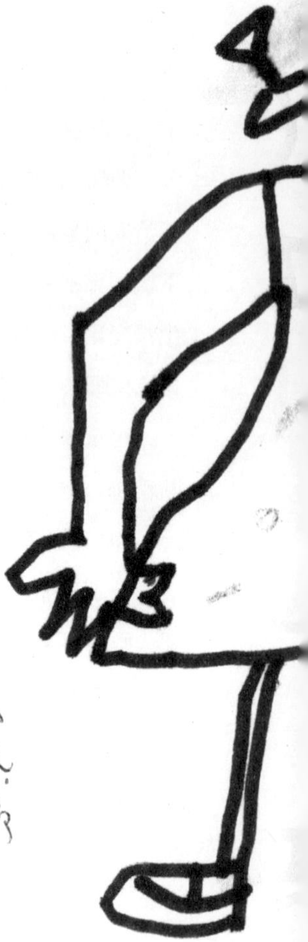

大陆探亲，
一名年轻的武警充满好奇地与盟盟攀谈，
问盟盟姓什么。
五岁的盟盟回答"姓丅一せ"，
怕他不懂，
好心地说明：
"螃蟹的蟹。"

盟盟与三三

姊妹三人我居中，盟盟称大姨天文为主人，自认是其治下的小羊一头；叫三姨天衣为三三姨，简称三三。

盟盟出生时，三三离家在外，直到半年后才初次见面。盟盟长相完全逸出三三的所有想象，三三不时诚实地大笑不止，除了再三惊叹盟盟彼时寸发不生的大脑袋，无法夸奖出半句话来。

很长一段时间，三三不能顺利育有小孩，便把盟盟视为既可享受亲子之乐、又不必负育儿责任的理想对象。

于是，"三三明天要来台北！"对盟盟来说，与"圣诞老人要光临我们家！"是同一个意思。三三总大包小包一大堆零食出现，而且三三回来时可以请假不上学、山里海边混；三三喜欢与盟盟讲怪力乱神之事，讲的时候一脸正经严肃，使得二愣子盟盟牢牢记住深信不疑。

说起到苗栗三三家，就更是乐事一桩了。

三三为了一圆童年不能实现的梦想，宣布来客凡小孩者一律可以不吃正餐只吃零食水果，三三家到处都是零嘴儿好像女巫拐诱小孩的糖果屋；三三家且满地是铜板，俯拾即得，原因是三三的一米七〇的个子懒得弯身捡拾脱衣时散落的零角子，长年积累为数颇众，三三便又宣布欢迎小孩们任意捡拾，在众小孩的欢呼声中，三三不忘对大人做个鬼脸，诚心抱歉破坏了我们平日的教育原则，这肯定也是三三童年的美梦之一。

　　每次离开三三家，盟盟都嘉年华会结束似的疲倦潦落，我则望着火车开动、离我愈益远去的月台上的三三的身影，眼眶一热，不解为何把自己亲爱的妹妹丢在这老远的地方，不明白在可见有限的数十寒暑时光中，为何不能终日聚首……

　　唯一可以确定的是，数年后值盟盟叛逆青春期，若非得离家出走时，至少有个三三家可投奔落脚，并堪让我安心。

对于性的问题我们有问必答，
便以为盟盟也很了解。
一回听说三三打算再要一个孩子，
盟盟发愁：
"好麻烦，
三三又得举行一次婚礼。"

盟盟的偶像

暑假结束前的最后一两天，盟盟才正式为她的暑假作业发愁。

作业其实颇轻松，包括美劳和两篇作文在内的十七张空白图画纸，她没做的只剩下一项：剪贴我喜欢的人物。

只好陪她一起回忆自小她喜欢崇拜过的人物。

其一是鲁宾逊船长。盟盟甚想有机会能够与他一样独自一人在荒岛上自耕自食、与动物为伍……这大概是她四岁多时的志向。

其后是《白鲸记》里的鱼叉手奎奎格（我们念的是今日世界的版本，采叶晋庸先生所用的译音），奎奎格曾勇敢地潜入深海抢救一名误跌进抹香鲸脑袋、险遭鲸油鲸脑溺毙的同船伙伴，深获盟盟打心底的佩服。

再有一段时间是当代的徐仁修先生。盟盟很希望有一天我能放手让她独自上学放学，并且让她与徐仁修一样去婆罗洲〔加里曼丹岛〕热带雨林探险，这是她上一个生日与我临睡躺在床上时所交换的秘密。

其间当然还有一些我不知道的秘密偶像，例如在出版社工作的盟爸爸有一次下班回来，进门就压不住兴奋神秘地告诉盟盟："猜猜今天谁到我们公司？瘦瘦的，高高的，你很崇拜的——"

盟盟马上就欢呼起来："李汉文！"（是谁？）是做纸雕美劳的高手，不少儿童绘本里都可见到他的作品。

这些人（包括她目前崇拜的百年前法国昆虫学家法布尔老师），大概都没什么现成可剪的相片，眼看盟盟就要为缴不出作业而眼眶一红，便建议她不妨妥协一下，与其他同学一样剪现成今天的报纸上就有林志颖和小虎队的相片。

终于在她的哭声中，我们决定牺牲一本日本彩色版的《哆啦A梦》。她边剪着哆啦A梦圆圆的大头边擦着眼泪纠正我，以为我把她的林俊颖叔叔错念成林志颖。

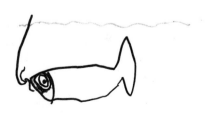

盟盟幼时常与爸爸共浴玩水，
终有一天问为什么和爸爸不同。
我准备了一肚子、
怕她将来有若何情结的知识终要用到了，
便问她哪里不同，
两岁的盟盟回答：
"爸爸的是黑色的。"

盟盟与阿朴

李白诗：妾发初覆额，折花门前剧。郎骑竹马来，绕床弄青梅……

这里便也有一对青梅竹马，盟盟与阿朴。

两人年纪相差八个月，这在成人来说完全没有意义，但落在婴幼儿期，一差就半辈子哩，比方说，他们初识时，一个已能独立步行奔跑自如，另一个还在地上爬来爬去。

能走的是木讷寡言、空长个大个子的盟盟，还在地上的阿朴先生却能口吐人言，开口就是又长又复杂的句子，好叫人骇异。

两家父母大约都早打定主意只要一个小孩，所以都乐于培养他们与友伴们的友情，于是乎，两小孩不知什么时候暗暗定了约会，大人们只好如实履约。

便常常出现如下的情景：两小孩在荒山野地玩泥巴或挖化石，旁边至少两个各自在看书的爸爸和两个聊天的妈妈（有时也倒反），往往还另有数名一道出游的大人，壮观的场面与《教父》第一集中，麦克在西西里岛与当地保守的天主教女子约会出游时必须尾随的一堆老小亲族差不多。

盟盟受阿朴影响，从小就爱画，不过两人画风迥异，阿朴的是工笔，满纸溢于言表的全是复杂的故事；盟盟是大写意，需要好多爸妈的废稿纸，空白的纸上往往只寥寥几笔，画了几年无非仍是她观察心得的飞鸟虫鱼。

工笔的那位头脑机灵缜密，写意的这人大剌剌至今老是只能举三反一。差异如此大的两小孩，事后很久才通知我们，他们已在幼稚园抽空结了婚，盟盟用色纸折了一对戒指，阿朴实际多了，努力画了很多钞票，观礼者是同班的小朋友们。

作为家长的我们，只能简单猜测，不知他们每次约会的最后一个项目"共浴玩恐龙"何时才会终止。

我个人呢？

偶尔萌生的一点点无聊陌生的（丈母娘？）感觉，会使我忍不住偷塞阿朴一些营养食物，希望胃口明显差盟盟甚多的阿朴，能够长得更健康强壮一些。

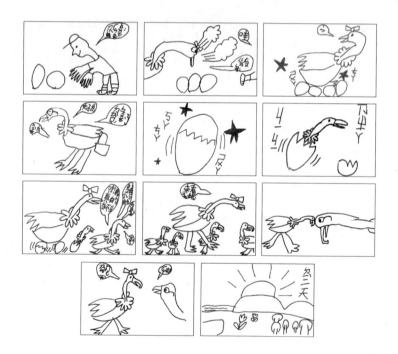

盟盟初识阿朴时，
阿朴虽在地上爬来爬去却能说复杂的句子，
盟盟想办法说出对阿朴的感想：
"阿朴很像一只壁虎。"

盟盟的日记

　　我向有写日记的习惯，所记并非感情或思想之事，毋宁说更接近一位工作认真的秘书为其老板所作的行事历。

　　盟盟自小就很习惯临睡等我与她共寝前，静静一旁看我三两分钟写好当日的日记，以为那跟刷牙一样是件必须做的事，对之从未发问。

　　一直到她认得自己名字的盟这个字，便指着日记上出现的盟字，问我写什么，我照实念出那句"盟说娃娃车上与秀淳打架互咬事，不知真假轻重，胸口倒有青紫牙痕……"。

　　盟盟听了大为震动，大概是首次发觉与她朝夕密切共处的妈咪，竟然有一块她所不知道、所无法参与的私人空间，这才突然隐约懂得日记原来是干啥用的，"隐私"好像是什么意思。

　　于是她开始断断续续地记日记，由她口述，记录工作则拜托家中最有耐性的大姨天文帮忙。

　　日记往往一写就一页不止，千把个工整秀逸的字迹无非详述着一场台北市某个幼稚园里、午餐后刷牙时的浴室风波，但其复杂甚不易解，其是非隐晦难断，如一场丛林混战。

直到去夏入小学，盟盟学会注音符号和一些简单的字了，正巧有读者送了附锁的少女日记本，就转送给盟盟。

盟盟每天都花一定的时间躲在角落抱着那本日记写写弄弄，写时不许人看，写毕也一定锁牢。

她的这种郑重其事的态度，实在引起我莫大的好奇，我简直不能想象这位与我朝夕密切相处的小朋友，难道会有什么我无法知道的秘密或心事，或像我们青春期时天天在日记上批判父母老师……

潘多拉宝盒似的盟盟的日记是如此的强烈引诱我，终有一天，我忍不住做了侵犯她隐私的事，打开她忘了上锁的日记。

泛着香气和浪漫花边的少女日记本中，绝少文字，每一页，仔细地画着她标示已灭绝的动物，有些还在次页画了该动物的化石骨骼，例如一只史前钓鱼龙，它修长的脖子准确无比地仅由九块大骨头所构成。

某日家中突然闯来一名哭哭啼啼的女客，
很没神经地占坐盟盟的小板凳整晚不察，
客人走后，
盟盟不悦地表示：
"她怎么这样鸠占鹊巢呢？"

盟盟与丑房子

丑房子全名是丑八怪房子，是我和盟盟的日常冶游地点之一。

丑房子与其他一群房子于十年前建于离我们家不远的山坡上，结构体建好甚久并无人闻问，风吹雨打废墟一般，每有台风过境，其房骨头就又出土几寸，尽管是家家有庭院的两楼别墅式建筑，连地开价两百万台币一栋，我们不动心地只把它当作夜间遛狗不致吵到邻人的好去处。

其后股市大兴，二十几栋阳春屋半年内全部售罄、装潢、住人，唯独剩我们说的那栋丑八怪房子，可能是它正对路冲的关系，赌股票的人不是都格外相信运气和风水吗？

彼时的盟盟犹是个不会走路的大婴儿，一加了厚重的冬装就更加膨胀难抱，于是丑八怪房子便成了我们日日散步的好歇脚处。

房子内外皆荒草长长，正好当我们的小教室，老师是花草虫鸟，课文是叶子绿绿、天空蓝蓝、虫虫飞飞……

股市涨破一万点不久，丑房子终于有主了。我们每天目睹它变得另一种丑法，与左近的邻居一样，很用力地花很多钱贴上满壁的瓷砖、金色的窗框，更天啊的是，窄窄的正面竟然立起了四根雄伟的巴洛克式的白柱子！

快完工的一日，屋前一对中介公司的男女，边欣赏此屋边意气风发地谈论打算定价多少，男的说两千万，女的说："光凭那四根柱子的气派，两千五没问题！"

房子不久果然有人住了，但好似易主频频，其中一任更仿佛只打算暂时落脚似的，任庭园荒芜，二楼的窗玻璃破了一大块也不换，只将就糊了一大张报纸，丑房子远看就像瞎了一只眼，我和盟盟都有些同情。

现在的丑八怪房子呢？

因无人居住而重又荒草蔓蔓，幸存的罗汉松险被山葡萄给缠死，又变成我们的小教室了，老师盟盟教我辨别蜜蜂与虻的不同。

……丑房子好像一则台湾经济的寓言？我可没这样说。

1990.10.14

盟盟大班是上蒙特梭利幼稚园，
一班小孩不分年龄大小。
有天新来一个才两岁的许柏森，
盟盟问我，
为什么柏森都叫她阿姨呢？

木匠盟盟

　　盟盟大约半岁大的时候，好友蔡琴索了她的生辰八字去看。

　　娴熟紫微斗数和巴比伦占星术的好朋友看毕，再三叮嘱我要有心理准备，将来这个小家伙到了初中年纪万一说出"我不想念书了，我要去当木匠"时，一定要镇定地接受，并别想尝试去改变她。

　　其实无需她的忠告，我已能深深觉出，这位小朋友完全不似我印象中甜蜜撒娇依人的小婴儿，大多时候，她不言不笑，宝相庄严疑似活佛转世。

　　生错时空的小活佛到可以熟练自如使用双手的周岁年纪，都不玩长辈亲友送的洋娃娃或填充玩具，她强烈要求（因为还不会说话）一切绳索类的东西，例如我们丢弃的红塑胶绳或备份的运动鞋带，然后没人教她的自己迷着打结拴绑，打的结都很简单，但常常从这桌脚横亘到那椅脚，严重绊倒过好几名大人，经过我们苦苦哀求，她转而绑拴她的动物模型玩具，往往冰箱门把上悬吊一只河马，台灯脖子上拴一只鳄鱼，门口亭亭一头小雷龙……

有一次到苗栗三三姨家，大人在屋里聊天几分钟不注意，等发觉的时候，庭院里四只大小狗，各被两岁多的盟盟分别拴在不同的门廊柱下，都无可奈何地向我们摇尾巴傻笑。

类此的事情还不少，例如外公为了养鹌鹑所储备的一桶黄黄凉凉干干的细沙，被盟盟觊觎了很久。终于鹌鹑死后，盟盟要求珍宝似的继承那桶沙，便三不五时觅了院子一角将之铺洒开来，仿鹌鹑地伏在沙上沙浴良久，伸伸腿、鼓张翅膀、刨刨沙……其动作无一不似，且欢愉享受得从来不察一干躲在门旁偷笑的大人。

令我不免想起有一年全家去日本看樱花，盟盟每晚必到三三姨住的旅馆三楼房间报到。窗子一推开，临窗那株盛开的樱花便好大一丛蹦进屋里，盟盟便安坐在窗台上，一朵一朵地吃樱花，一晚上要吃好些朵，全不理我们的劝阻。

何止当木匠？我们已心理建设到比这千奇百怪的，都成！

爸爸出远门回来，
外公问盟盟有没跟爸爸撒娇，
盟盟答有，
外公问那怎么叫撒娇，
盟盟回答：
"就是两个大头碰在一起磨一磨，
像要长角了。"

说谎的盟盟

小时候，一向给我们充分自由和尊重的父母，独独立下两道家规：不准说谎、不准说脏话，违犯者情节重的得打手心或屁股。

当然被打过好多次。犯的大多是说谎。

为什么说谎？……好像是为了掩盖先前的犯错，尽管那个犯错通常其实都会被容忍谅解和说理的（例如玩疯了错过用膳或宿头，偷吃有色素的零嘴儿），但为了安全保险一劳永逸的理由，说谎显得方便许多。

但没有一次不当场被拆穿。

当时总大惑不解，看起来粗枝大叶心地光明并肯定没雇用奸细眼线的父母，怎能如此料事如神？

盟盟稍能解事沟通的年纪，我也向她立下这项严规，尽管直头直脑、连真话都不能讲清的盟盟全无说谎的迹象。大概隐隐觉得她渐行渐独立的心灵领域，不能再像小婴儿时照眼望穿并与我紧紧相合，而说谎，标示的毋宁说是一种最大的断裂吧……

别的父母不许小孩说谎，也出自这种有点自私的心情吗？

入小学后的盟盟，开始说谎了。

有一次放学，她不顾内裤露出来地用裙子兜了一堆沾满湿泥的川芎小块根，因为外婆几日前才向邻居很宝贵地讨了一小块来种，盟盟很兴奋地说不知怎么学校走廊上掉了一地，幸亏她眼尖赶快拾拢了可献宝给外婆。

我担心她挖的是人家校工好好种在花坛里的，便趁其不备问她是用什么挖的，用手吗？盟盟回答："不是，得用尺。"浑然不觉小小的谎言被拆穿。

几日后见她穿没多久的衣上有个破洞，心疼地问她，她答以蟑螂或猫咪或想起来可能有一天看外婆炸鸡腿时被油溅的……

不打算与她纠缠下去（明明那破洞是刀械割痕），暂停一会儿后便直接问她，为什么要剪它呢？盟盟回答："因为上面粘了一颗干饭粒很难拔掉。"

哪里需要奸细眼线？！

当然我没有施以小时候曾遭过的处罚，因为电话铃响，我预感是来催稿的，便拜托她接，并叮嘱她："找我的就都说我不在。"

這倆是相反的

李又廷 小生

8.5.09

幼稚园时的盟盟，
常和同学天颖乱剪自己的头发，
以胶带粘在下巴或人中，
后来见到天颖爸爸，
原来也是个大胡子。

盟盟与蜥蜴

夏天的晚上，燠热难当，基于环保的理由，除了有客人来访，我们都只好忍耐着不开冷气。

但也并非屋里待不住，才喜欢去夜间散步的，因为外面也一样热，柏油路散发的、家家冷气机排出的，愈来愈高而密的建筑挡去了本来有可能的一丁点晚风。

盟盟遗传了母系灵敏的狗鼻子，往往晚饭的余味混合着一屋的猫狗畜味中，一缕两秒钟不到的清冽药香味儿飘过，两人话都不用交换一句地赶忙寻香追出门去。

有时是隔两条巷子的人家昙花盛开，数一数有七八朵，伸出铁窗一张张笑脸似的摇晃着，没人看也无所谓。

接下去是拜访蜥蜴。

很奇怪地发现每一家围墙都有一只蜥蜴掌管，各有领域互不侵犯。此时正逢它们的狩猎用餐时间，我们便黄雀在后地挑有路灯照明的仔细欣赏，屏息看它侦伺一枚小虫的超绝耐心和出舌的迅捷，往往忍不住随它的出击成功而喝彩鼓掌。

秋日早晚天凉，送盟盟上学途中，便不免很为那些逐阳光而跑到马路上来的蜥蜴担心，两人一面听着学校的升旗歌，一面匆匆把它们赶回安全的围墙上。

也有路当中已被汽车轧扁了的，盟盟蹲下端详片刻，有些感伤地说："是张婆婆家那只。"

蜥蜴也是家里的猫咪非常喜爱的猎物之一，盟盟但凡只要听到她的死党猫们发出奇怪（玩弄猎物）的喵呜声，立即飞奔前往虎口抢下，有那吓傻但只断了尾未死的，盟盟便把它护在手心暖一暖，等它恢复活动了再择一家新近车祸亡故的无主墙壁给放生，过了几个月见了面都还认得。

是尾巴还没重新长好的关系吗？我虽也喜欢蜥蜴，却仍难以分辨它们之间的不同。

"你看它脊椎有一道深橘色对不对？"盟盟指着那只蜥蜴告诉我。

药材店的橱窗里摆着段大干鱼尾巴，
标明排翅，
便指着告诉盟盟是鲨鱼尾巴。
盟盟认为那是假的：
"因为鲨鱼尾巴应该是不对称的。"

盟盟与选举

女儿盟盟出生的那一年年底，是民进党成立后的增额"立委"选举。

冬天寒冷的夜晚，我把这名平日分秒不离的大婴儿拜托家人照顾，和很多选民一样地四处听政见，去的也当然都是民进党候选人的政见会。

有一回在等公车，巧遇由大伯驾车经过的婆婆，便顺道送我前往。婆婆见我只身一人，便万般隐忍地叮咛，孩子还小要小心，完全忘了她自己陪党外议员公公在宜兰打过四次选战，而我，不过台下听政见罢了。

但也因为她那句"孩子还小"的叮咛，令我在聆听台上那名坐过牢的候选人的暴烈而过于简单的说法时，尽管不能完全同意，却有种从未有过的奇异的感觉。

彼时的盟盟，富士苹果一般的大头脸，坐在学步车里横行客厅四下冲杀，她常把一大堆传单不分党派地卷作一支棒子耍，喜欢大人唤她："老板老板我要买一张！"她就刷地飞车前往奉上传单一张。

三年后的"立委"选举，我们把盟盟托在三三姨家，特去宜兰听离台多年首次返台的林义雄为陈定南站台。彼时不少反对运动阵营不满其若干不合钦定制式的做法与发言，而有"林义雄锈斗掉了"的风声传出。

是这样吗？在当时两党彼此眼中只有对方的痴情恶斗中，在他身上，我还能稀奇地发现有一点点所谓人民的立场，因此眼眶热热地想到其他很多。

两年后的二届"国大"选举，我每天去接念大班的盟盟放学，路边等公车时，盟盟很快发现，在很多的国民党和民进党宣传车外，偶有社民党的影子，便问我那是什么。

"⋯⋯是一个干净的小党。"我尽可能中性地回答，固然平日我们极力避免她在国民党掌控的制式教育下被默化，同样我们也不愿意滥用做父母亲对她必然的影响力。

次年，从未参加过任何政党的我们，加入了那个干净的小党，随着该年底的"立委"选举，我和正在拍《戏梦人生》的侯孝贤导演吉卜赛人似的搭一辆九人巴士，四下为社民党候选人助讲。其中自然有几场是为我们的好朋友朱高正，云林的选风恐怖黑枪林立，我们生活大乱地把盟盟托爸妈照看，便轮到妈妈叮咛我：孩子还小要小心。

日前社民党和新党合并，我指着报上金超群粉墨站台的照片，问喜欢看《包青天》的盟盟："包青天替新党助选，你觉得怎么样？"

　　盟盟想了想，谨慎地回答："很好呀。"

盟爸爸与朋友客串《悲情城市》中
知识分子论时局的戏，
爸爸梳着复古式油头，
被主人带去探班的三岁盟盟见了大哭，
坚持那不是爸爸，
同步录音的侯孝贤导演只好喊咔。

盟盟的画儿

"刚回来的那群恐龙就是美国蒙大拿州的鸭嘴龙，它们的嘴很像壮硕龙的嘴，其中一只在吃草没注意，就被三只暴龙咬了去，树上还有一只翼龙在等待暴龙饱餐后的剩肉，这就是最大的风神翼龙。"

画面上如该段文字的忠实描述，是几只由原子笔和彩色笔勾勒涂抹出来的恐龙。

这是盟盟三岁半时的作品，文字由她口述，耐心的记录者是盟盟爸爸。

大约她听惯了我们念的恐龙书，所以很快能模仿那种叙事语调，这不免让我这个长期从事文字工作者有所挫折，因为难以分辨较之盟盟，是不是我其实只是在做一种稍高层级的模仿罢了。

类此的画作都由盟盟的主人大姨代为挑选收藏，纪念的意义大于一切，因为实际产量实在太多了，远远超过任何一位巅峰期创作力丰沛的画家。

盟盟从一岁画到现在仍乐此不疲，画作题材随她各个阶段的兴趣不同有所改变，技艺却未因她的常画而有所增进，或该说，技艺的展现和形式本身，并非她作画的原意和动力吧。

　　什么可能是她的原意呢？

　　我好奇地猜想着。

　　于是便不免想起完成于一万五千年前，法国和西班牙南部岩窟深处暗藏的那些野牛、巨象、鹿的壁画，对于那些绘制过程肯定艰苦的壁画，到底是出于艺术创作或功能性的为传授打猎经验教学所用，至今争议未罄，盟盟便不约而同勤于画着一幅幅飞奔逃窜中的各种动物，往往在连续十数幅的长篇故事中，有动物中箭落地图，有数名猎人四蹄揽马地将猎物扛回洞去的洋洋凯归图……

　　冰河期前，她大概是一名好猎手，也是一名负责传授狩猎经验，以图娱人、打发漫漫长夜的穴居好伙伴。

祈連寶駒

三岁多的盟盟，
画一张有着好大尾巴的双峰骆驼，
旁边文字要求爸爸代为写着：
这只骆驼的尾巴没这么大吧！

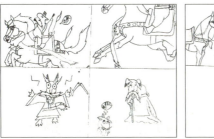

盟盟的刚刚家

打从我们结婚起至盟盟两岁半间，我们皆在父母所居的村子内赁屋居住。

其中住得最久的，是一栋改建后有六十多坪的两层半透天厝。

由于是暂时落脚的心情，我们只布置和使用二楼的一间大卧室和一间书房，一楼客厅不置任何家具，只买了一张强生牌乒乓球台。至于三楼那间十坪大套房，我居住的两年间只上去过两次（迁入和迁出），因此我一点也不怀疑可能有人更早出晚归地与我们分居那一层。

盟盟爸爸上班的那一年，我也跟着上班，往往他前脚出门，我一手抱着襁褓盟盟、一手拎着当日必需品（尿布、奶瓶、书），回爸妈家去。爸妈家人口牲口旺，一天很快就过去，有时回到"家"，盟盟已睡着。

所以等她会说话的时候，说起那个家，都说52号（门牌）或是"刚刚家"。刚刚是盟盟彼时少数玩具中的一只绒毛金刚，我们每天离开时，刚刚便坐在床头讷讷笑着答应替我们留守看门。

去刚刚家，就是回家的同义词。

很奇怪的一直到搬离 52 号很久以后，才开始有点想念刚刚家……也许想念的，是与盟盟共处的那一段有些已模糊了的岁月吧。

我问盟盟，还记得刚刚家些什么？

盟盟记得每天晚上爸爸都在楼下练乒乓发球，记得浴室瓷砖是奇异的紫色（虽然恐怖，但是真的），还记得爸爸为她画的连环故事图贴在衣柜的门上……

其实刚刚家还在那里，就在我们每日黄昏散步的动线上，也许只要我们按个门铃，说明来意，屋主会让我们进去看看的，也许盟盟会因此唤起更多的记忆，比如我温暖的拥抱，比如爸爸的歌声……

过刚刚家不入，大概害怕发现记得和不记得的，都不在了，只除了院子里伸出墙头的那棵丑丑的木瓜树，是那年夏天刮完木瓜泥喂婴儿盟盟吃毕、所弃掷的种子生成的。

（一）故事著色書　第1集

這隻是很有：閃電鳥飛很快很快
牠很快很快牠的翅膀……速：牠的身
天氣不冷了，去找閃電鳥的家，你
的過牠很快的；找的電幫忙好們……

……把牠帶來的　找不到牠的說
……卵的每一隻一隻牠飛：好快
牠著飛……牠很快了：
鳥媽媽你很的說：「我剛才不
去找牠請過你嗎？」

他們記住了女孩子，就進閃電鳥的鳥
裡氣順小屋的鳥飛起來。過住了，還然閃電
鳥的鳥走了，表示她說：「沒事了。」
牠的每次吃肉很有了一隻鳥，牠的聽著
你牠的脚一一隻的翅帶，閃電女鳥鳥很很
低氣，但是牠的翅膀沒有少一個。

盟盟告诉我们她画了一幅"相反的画"，
我们好奇着其中可有若何哲理玄机。
画名"麦麦追小米"，
是家中两只猫的名字，
原来现实中皆是老猫小米追赶新猫麦麦。

盟盟的动物园

　　盟盟出生的那年十月，市立动物园从圆山搬迁至木栅。

　　封园前几日，我和妈妈匆匆特去逛了一趟。

　　大约有十年没去过，老旧破败得好像某些第三世界国家，尽管如此，我仍心存珍惜地环视着童年记忆中非常熟悉的一景一物，不免伤感，在这个很多人认为缺乏历史和记忆的城市，将来我要如何向盟盟讲述我们在此曾度过的欢乐时光呢？

　　木栅动物园距我们家公车不到十站，除了夏天，我和盟盟大约每个月起码会去一次，熟门熟路好像我们自家的后院子，因此我们皆闲散游荡，不拘看多看少时间长短，往往观动物赏植物之余，也看人，便很奇怪地发现有特别高比例的游客是本地同胞，携家带小盛装而来，只能猜想，这种形式的接触自然，也是他们聊解乡愁的一种不得已的方式吧。

　　但其实盟盟真正天天去拜访的动物园，是在我们后山山脚下的一片长满野苋菜和水丁香的畸零荒地，勤劳的村口阿妈在那儿养了一大群鸭子和放山鸡，于是长达两三年里，"去鸡鸡鸭鸭那里"，便成了我们每天买晚报途中的例行节目。

往往我站在荒草堆中看报的时候，盟盟就用刚买来的半条吐司面包喂鸡鸭，有那前来争食的狞猛赤冠大公鸡、踮起脚伸长颈来比两三岁的盟盟还高，盟盟身陷其中仍保持冷静地主持公道，力求能公平地分予在我看来真是一模一样的数十只鸡鸭。

偶尔她很肯定地告诉我："公鸡王换人了！"随即才有暇顾及想到它们的真实命运，因此略微悲伤地问我："那只公鸡王是不是已经变成有一家人的大便了？"

盟盟还在母鸡们以废轮胎做的秘密巢穴中发现正被孵育着的卵，便关心地必要晨昏定省，真是大异于我们的童年时代：大约我像盟盟这么大小时，一次躲猫猫于野地草丛中，便遇到那么一个孤零零的蛋，于是当场游戏也不玩了地兴奋捧回家，给妈妈晚餐桌上加菜，因为隐约知道好像家中生计有些困窘。

小蚊子
學校
1990.11.

盟盟已听过好多次《嫦娥奔月》，
又要求听，
见我不耐，
便解释她只是想确定一下嫦娥住处（广寒宫），
因为听来好像她爱吃的辣猪肉名（广达香）。

盟盟与种花爷爷

　　种花爷爷是一名独居的胡姓老荣民，住在我们巷口多久了我都没注意，直到盟盟蹒跚学步时，每被他老远那头好大声喊道："孙子啊，疼喔——"我才应声发现有他这个人的存在。

　　彼时的盟盟，头大如斗，平地走走都容易因重心过高而跌倒，不用说在我们家门前这条依山坡而下的陡巷，任谁看了都要一旁捏把冷汗。

　　种花爷爷便《麦田里的守望者》里的霍尔顿一般，在坡底巷子那头随机守护。我才发现原来这半条巷子的绿意全是出自他手，他天天在垃圾收集点拣拾各种容器，包括铝壶、保丽龙蛋糕盒及塑胶油壶等，然后后山掘些土，路口槟榔摊每日讨一大袋削弃的槟榔和老藤渣做肥料，什么名花野草一律平等地沿着两旁人家墙脚养得非常繁盛盎然。

　　自小内向不理人的盟盟，为了驻足观看花草和其中的昆虫，只得勉强与种花爷爷应答两声，与他握一握泥巴手（两人皆是），任他孙子长孙子短地喊。

很长一段时间里，盟盟分不清"种花爷爷"和"唱歌店里的爷爷"（盟爷爷彼时在民生东路开一家卡拉 OK 店）的非常差别。但是我们硬起心肠，除了年节会送些烟酒应景菜给种花爷爷之外，并无意与他处得更亲近，大概是害怕种种发生在别人和自己身上、触目可及的人际关系上的始乱终弃吧……

念幼稚园之后的盟盟，终于不肯叫他爷爷了，更不听我们一旁暗暗敦促的与他拉拉手，我们尚不及担心种花爷爷会不会为此伤心，巷口的所有花木竟一夕之间被邻长家给拆毁拔除，说是维护环境整洁。一星期后，腾出的空地搭了个丑陋的棚子，停放邻长家的小货车，那块地面从此终年怪水横流，原来以前都被那些花木吸纳去的。

种花爷爷此后终日百无聊赖地蹲坐在慈惠宫小庙口，瞌睡不成地目送过往神明，冬天到了还穿夏天的衣服，我不好问他怎么不穿我们放在他家门口的衣服，只上前问候一声——但这一切，大概都不及盟盟再喊他一声种花爷爷吧……

作製司公盟海

老師說："我選這幾個要演這個故事。"

盟盟幼稚园回来说，
那日与雅婷吵架，
于是一整日，
"两人就像秃鹰似的，背对背，
谁也不理谁"。

粉红鱼假装好想吃鲍鱼裹的给料。
鲨鱼假装想吃那马贼。
但这马贼一直逃.鲨鱼吃不到。

鲨鱼说:"你们自己在这里想吃吃淡
就吃淡滴.我要妹妹
养生。"

盟盟与ノビタ

　　若以盟盟为坐标的话，我很早就已深深感觉到时间流逝得飞快。

　　例如在她两三个月襁褓时期，无法外出散步的雨天，我怀抱着她在室内走动东指西指聊天的当儿，总不免指到她的"帮宝适"纸尿布大纸箱上印的外国大婴儿，便告诉她那是"哥哥，哥哥"。

　　夏天来临时，再指到那箱上婴儿时，很自然地改口教她"贝比弟弟"。

　　流年暗转偷换。

　　因为日本《哆啦A梦》漫画是盟盟爸爸会看的漫画之一，盟盟很早就开始跟着看其漫画书及日文发音的卡通录影带。所以随着她牙牙学语会叫完家中大人们的称谓后，很自然接着会喊的就是剧中的ノビタ［音诺比他，大雄］哥哥、シズカ［音西子卡，静香］姊姊……

　　ノビタ大雄哥哥大约是小学二年级学生，胆小、好哭、懒

惰，偶尔使点小聪明一定弄巧成拙，偷藏零分的数学考卷是与妈妈的长期战争……但阅读过《哆啦A梦》漫画的小孩们都喜欢跟他做朋友，除了羡慕他身旁有个无所不能的哆啦A梦守护神之外，大概觉得心有戚戚焉的心情多过其他吧。

友伴比我们幼时少太多了的独生女盟盟，大雄哥哥静香姊姊虚实难分地占据着她生活中很重要的位置。有一集卡通里，大雄哥哥一家人在一个深夜里穿过任意门，在落樱缤纷梦境似的樱花祭的樱树下饮宴欢唱《北国之春》，画技很不怎么样，但其庶民节气生活之感，很能唤起曾经我在日本寻常人家生活的记忆。

盟盟也看得傻傻的，其后二年的某个樱花祭，我们像暗暗履约似的前往东京，也找了那样一道樱花盛开的长堤，择一樱花树下铺好野餐布及吃食……

我且带着盟盟去一些东京都郊的小市镇如羽村、小作、青梅……四下游荡寻访与大雄哥哥静香姊姊家一样的房子，以及卡通里很写实的他们常常聚集打棒球吹牛玩遥控车的那种堆置着大水泥管、铁丝网围篱的社区间的隙地，春日的午后很清冷寂静，我和盟盟且熟悉且惆怅地走走停停，觉得他们大概都去上学，以致我们无法遇到。

为什么写大雄哥哥呢？

二年级念了一半的盟盟，开始像静香姊姊一样喜欢穿裙子上学，我渐渐觉得她很多方面已经不像大雄哥哥的幼稚好笑和我子天然，于是那个可以冻结停格的世界里永不长大的朋友们是多么令我羡慕向往……

我害怕要改口叫大雄弟弟静香妹妹的那样一天的必然到来。

一個在歐？鳥籠？裏的鳥。

媽媽說？等

下你怎麼？

又媽至小動物

一個在浴室門上綁蝴蝶結

六胞胎坐椅上玉

媽媽64三個不要

重視

五岁的盟盟，
睡前突然想念起两个月前，
在动物园拾到但无法带回的
一大截驯鹿角似的枯树枝，
大哭起来：
"我好想小柴柴……"

盟盟与我

（代跋）

很早就发觉，每一个家庭里的亲子关系宛如夫妻关系，A夫妻的相处方式移植到 B 夫妻简直一分钟不能忍受的不如离婚，B 夫妻的方式在 C 夫妻看来不以为然不可思议……

因此固然有不少人看了幼教及相关书籍而获益匪浅，但有一些人不是愈读愈慌乱，就是干脆自暴自弃地以为自己是不适格的父母，我便也曾经度过短暂的这种时期，觉得其中巨细靡遗的种种方式不知怎么独独漏了我这名"古怪"的小孩……好像不是光靠学习就可以解决的。

是的，学习。

正如同我们曾经学习做孩子，我们学习做妻子或丈夫，或父母……尽管都是前所未有的事，问题是在学习做孩子的过程中，我们的生疏和犯错，通常会被父母亲包容着忍受着甚至纵容着，而在夫妻关系中，即使某一方可能在个性上有明显重大的偏差，但基本上来说都是成年人了，夫妻关系的好坏，双方都难辞其咎，都必须负一半或相对的责任。

至于扮演父母呢?

除非少数如教育工作者,略有对待小孩的经验累积可言,不然在面对家庭的新来小访客一事上,一名刚从大学毕业的年轻人和一名多年掌管数千员工的主管,于此资历上是平等相同的。

这种过程是多么的来不及学习,也试验不起,更无法卸责,因为我们明明比小孩们强壮、年长、知事得太多。

是多么可怕且艰巨的一项工作、一段旅程,并且我们是孤立无援的,因为触目所及没有一对父母是相同,没有任何子女是一样,因此没有一种现成的模式可供我们参考和借用。

难怪愈来愈多人却步,尽管他们的理由不尽相同,想得也未必彻底到神经质。

对于"要不要当父母"思考反省得最深刻彻底的,我记得的有同辈中的张让发表于《联合文学》的一篇长文,令我非常汗颜以为远远不及,虽然我其实不能确定:之前的反省深刻与准备充分,是否必然有助于胜任父母……

往往还没有想清楚,就做了人家父母了。

战战兢兢地做着人家的父母,并不确定是不是每一样的对待和处置都是"对"的,或该说,是健康的、有益人格发展的,尤其不可避免的若碰到自己处在烦躁低潮或心有旁骛的状况时，偶或不经心脱口说出制式教条如"小孩子本来就不可以怎样怎样"或"世界上每一个人都必须如何如何"，讲完老实叫自己吃一惊怎么说出这样的话，即使身旁没有别人，也忍不住掉过头去伸个舌头，像京剧人物以袖遮挡对台下观众呼声"好险"或"惭愧"。

这种处处充满"好险"与"惭愧"的与小孩相处数年的过程，我并没有机会抽身来好好检视或反省，更遑论以之为题材，直到《中国时报·"人间"副刊》的编辑朋友邀约写一年的专栏稿。

这一年，盟盟从进小学到升二年级，从第六篇的《台北最后两个文盲》的大字只识三五枚，到现在的独力可读远景出版的没有注音符号的杰克·伦敦的《白牙》……人生识字忧患始，她相较同年龄小孩虽仍显得鲁钝童蒙很多，但已远远不再是那名为了遗落一片树叶会在路旁哇哇大哭的小娃娃了。

我很怅然地发现，除非我们偕她山中海边的真正离群索居，以规避一切有形无形的体制及其所携带的价值观与必然的被形塑，不然她已经缓步趋坚地开始了属于她自己那一代的社会化了。

缘此种种，我不免像前人丰子恺哀悼其子瞻瞻的真稚童年的逝去一般，企图借此机会以笔留下一些什么。

起先的心情很单纯，我只觉自己甚为有幸得以目睹一个人像一粒种子似的孕育发芽成长的过程，对此即使不扩张解释（例如从一个婴儿的成长可猜测推衍人类文明早期发展的原型或缩影等），也绝对充满远超过想象的惊奇和恍然。

我竟想撇开做母亲的情感和一个台北长大、三十五岁的小说作者的身份，来观察记述她，忘掉她是我的女儿，妄想像一个人类学者面对一个异质的部落族群所做的工作，摒除自己所来自社会的价值、传统、道德、信仰……只忠实地有闻必录，不可大惊小怪或见怪很怪。

尽管我的报道人对我毫不掩饰地十分坦白诚实也很合作，但毕竟，她的一切摸索与学习都深深受着朝夕共处的我的影响，就算我可以努力抽离掉我自己理性所及的部分，但无法褪去一点点与她长期相处所生的深重情感，简单说，我失去了事不涉己的纯然旁观者的资格与立场。

但是这个发现也似乎并非全然是坏事，我得以很自在、不再考虑自己介入与否地选材写作，乃至后期的数篇被朋友好意提醒是不是有些"离题"了，我仿佛觉得在做一幅拼图游戏似的，任何一片也许无关主题的边缘碎片，我都觉得不可遗漏不忍舍弃，因此写作发表的次序显得全无计划，也未依孩子成长的时间先后，而纯粹只是以如前述写作过程中的心境变化与调整，现在收集成书，仍将尊重这个次序和轨迹。

由于报纸专栏有每篇只得六七百字的限制，题材的选取便多少被迫显得轻薄短小，碎片一般。尽管如此，仍然不及收拢的珍贵碎片还好多，例如在盟盟生活中至为重要的外公外婆、大玩伴宣一妈妈、丽珩阿姨、焦阿姨、传莉胖胖姨、丈丈、阿朴爸爸、郝广才、宗应叔叔、邱十七……童党们如林大有兄弟、语扬兄妹、杨格兄妹、育正育中、信之兄弟、熊惠娟、姚舒文……以及为数颇众的猫群狗党们……

曾经才写几篇时，好友念真对我半真半假地抗议："做你们这些人（大概包括小野）的小孩最倒霉了，出什么糗事全天下马上都知道。"

当然我未尝没有思考过这个问题，所以大约自第一篇开始，每写完都会念一遍给盟盟听，并且问她："我这样写你的事情可以吗？"

对此，盟盟曾严肃地给过我一个很宽松的下限："你只要别写我大便的事情就都可以。"

回到最单纯的意义，谨以此书，纪念我和一位小朋友的结识一场。

1994 年元月

1990. 01. 1.

文
景

Horizon

社 科 新 知　文 艺 新 潮

学飞的盟盟

朱天心　著
谢海盟　绘

出 品 人：姚映然
责任编辑：李夷白
营销编辑：高晓倩
封扉设计：So Creative Studio

出　　　品：北京世纪文景文化传播有限责任公司
　　　　　　（北京朝阳区东土城路8号林达大厦A座4A　100013）
出版发行：上海人民出版社
印　　　刷：北京启航东方印刷有限公司
制　　　版：北京楠竹文化发展有限公司

开 本：787mm×1092mm　1/32
印 张：7.25　　字 数：59,000
2023年8月第1版　　　2023年8月第1次印刷
定 价：78.00元
ISBN：978-7-208-18286-8 / I·2080

图书在版编目（CIP）数据

学飞的盟盟 / 朱天心著；谢海盟绘. -- 上海：上
海人民出版社，2023
ISBN 978-7-208-18286-8

Ⅰ.①学… Ⅱ.①朱… ②谢… Ⅲ.①散文集－中国
－当代 Ⅳ.①I267

中国国家版本馆CIP数据核字（2023）第080857号

本书如有印装错误，请致电本社更换 010-52187586